花开在眼前

Flowers

汪爱萍 / 著
WANG AI PING

花开在眼前

已经开了很多很多遍

每次我总是泪流满面

像一个不解风情的少年

花开在眼前

我们一起走过了从前

每次我总是写下诗篇

让大风唱出莫名的思念

（摘自纪录片《激荡三十年》片尾曲）

自序

PROLOGUE

《花开在眼前》，终于来了。

这是我第一次出版图书。此书收集了最近几年的一些随笔，以及部分摄影作品。其中，《花开在眼前》以我曾经的创业经历为模型，讲述蒲公英在博艺传媒公司近三年的创业故事，分享创业的点滴感悟。大家看后，若有收获，我自然会窃喜；若一笑而过，我也会感激您，曾在这些字里行间停留过。

从2012年底完成初稿，到2017年12月正式出版，差不多快五年时间了。这么久的等待，一方面源于其间发生了很多事情，比如辞职再创业，无法静下心来逐字逐句地梳理；另一方面，因为我这不讨喜的追求完美的性格，始终不满意自己的文字，每看一遍都觉得还要改，还可以写得更好些。后来明白，世上哪有完美的事呢，就这样吧，带着遗憾也出版。

其实，我于2009年12月，进入供电公司多经企业，组建一家传媒公司。前后不到三年，也就是2012年上半年，企业改制，我的首次创业使命结束。于是，开始梳理这段经历，断断续续地写，时常写到深夜，时常写着写着就忍不住泪流满面，感动于那些人、那些事、那些时光。

在传媒公司的日子有900多天，感觉却很短暂。北京之行，岗位竞聘，仿佛就在昨天；那种对未来不确定的慌张，那些收获后的喜悦、失败后的哭泣，那些领导、同事、朋友、家人的支持与帮助，都还历历在目。我们曾那样用心，只为做好每一件小事。不怕失败、不怕委屈，一次、两次……只为对得起这份付出，对得起这个家。是的，那时候公司就是一个家，这个家充满和谐与快乐，充满激情与梦想。每一次回想，内心都无法平静。

几次公司年会活动，我们都被自己深深地感动。第一次主题为“一起成长”，大家一起分享成长过程中的点点滴滴，无论是屏幕上还是现实中的自己，个个热泪盈眶。现在回想起来，那阵势似乎不亚于《感动中国》。第二次主题是“一路有你”，我们用舞蹈、音乐，用稚嫩的文字还有微笑的声音，表达对公司的情感。可是终究要曲终人散。最后一次聚会中，每个人都在回忆，感恩。因为，这段经历让我们充满青春的力量。

难忘那段时光，难忘我的兄弟姐妹。

最后，我最想说的是，万分感谢一众朋友如此耐心地期待《花开在眼前》这本小书的出版，尤其是出版社的老师，忍耐我一而再再而三的拖延。在此承诺，这个坏毛病今后一定改。呵呵。

感动，感恩。阿弥陀佛。

汪爱萍 2017年6月

目录

CONTENTS

花开在眼前

有些东西，时光是带不走的

镜头里的世界

花开在眼前

楔子

PROLOGUE

转眼间，中秋近了，空气中有了些凉丝丝的味道，太阳的光芒似乎温柔了许多。

又一个午后，我窝在窗户旁的沙发上，打开笔记本电脑，想写点什么。可是大会儿工夫过去了，一个字也没有留下。

身旁的书桌前，读小学三年级的女儿，正在安静地写作业。粉嫩白皙的小脸蛋，在阳光下，透出丝丝红晕。我站起身，在小脸上亲了一下。女儿抬起头来，嗲嗲地叫一声“妈咪”，还不忘给一个灿烂的微笑，清澈的小眼睛眯成一条弯弯的缝。

空气中，萦绕着暖暖的、懒懒的味道。

这样恬静的画面，近期内，重复过很多次了。我似乎有很多话想说却无从说起，有很多事要做却不知从哪里开始。

就像此时，脑袋满满的，却是混沌的。

近三年了，九百多个日子，一幕幕的欢笑忧愁，像电影胶片般流淌……从模糊到清晰，由近及远。

终究还是忍不住。开始敲击键盘，记忆那段时光。

第一章
有一个梦

回忆，五彩缤纷。

那首韩庚的《青春梦想》仿佛再次响起：

坚持最初的梦/幸福在转角等候/七色的彩虹/点燃心中悸动……

十五年了，岁月在流淌，梦想还在那里。

等待时光，生根发芽。

2009年，秋。

进入秋季的首都北京，有种令人陶醉的美。枫叶洋洋洒洒地飘舞，落在地上，仿佛铺上一层金色的毯子。透过暖阳，斑驳得像一幅油画。

那个时候，蒲公英还是南阳市供电公司记者站站长，负责公司新闻宣传工作。此次北京之行，是前去总公司汇报工作。就在汇报结束后，大家就文化宣传工作闲聊着。

“今年，我们南阳公司要投资一家文化传媒公司，这次回去就要启动职业经理人招聘工作。”同行的博总说。

“文化传媒公司？职业经理人？”

刹那间，蒲公英的小心脏似乎驿动了一小下。

“蒲公英，你长大了想做什么呢？”

“记者!”

那还是在念初中时，一次关于梦想的班会课上，蒲公英激动地告诉老师她长大了要当一名记者，可能是因为她喜欢记者无冕之王的自由，喜欢记者潇洒自如的文字。

后来，随着年龄的增长，梦想也在慢慢改变。比如，看了一段时间港台电视剧后，她希望自己可以当一名优秀的律师，思维缜密、语言充满魅力。再后来，她希望能够成为一个企业家，拥有一家自己的公司，将兴趣与爱好作为事业来经营。

“小蒲，在想什么呢？”

博总的话将她拉回现实。

“呵呵, 我在想, 这个岗位我还蛮合适的。”

“哦, 说来听听。”

“来公司15年了, 从最基层的班组做起, 经历过生产运行、基础管理, 以及新闻宣传等若干岗位, 有着丰富的工作经验。还有一点, 就是喜欢文字, 擅长做策划类的工作。”

“有哪些经验? 说来听听。”同行的艺书记问道。

“在一线班组工作5年, 熟悉企业最基本的生产流程; 在企管科工作5年, 培养了理性的管理思维, 具备了科学的管理方法; 在宣传科工作5年, 传媒业务经验丰富……”

“还别说, 小蒲啊, 你的这些经历, 对于管理传媒公司还真有必要。博总, 你看呢? ”艺书记笑道。

“欢迎有想法、有能力的同志参与竞争! ”博总说道。

“好啊好啊, 我想参加这次竞聘。”

这一番毛遂自荐, 蒲公英也是一时兴起。她做梦也没有想到, 有时候心里想啥, 真的就会有啥。

十九年前，那段青春岁月。

沉浸在文学梦里的蒲公英，却阴差阳错，进了一所理工科学校。校园内，蒲公英作为名副其实的文艺小青年，积极参加各种社会实践活动，不仅担任过班级的团支部书记、校广播站的编辑，还在校学生会担任宣传部长。

毕业后，蒲公英被分配到南阳市供电公司，到最基层的班组，担任变电站值班员。上的是运行班，白班、大小夜班不停地倒换。单位离住的地方有些远，骑自行车要一个多小时。

那个时候，蒲公英最害怕上夜班。因为夜里，一般只留一个人在控制室值班。刚开始，什么都不懂，随便找两条板凳，稀里糊涂就呼呼入睡了。一同事大姐调侃地说："哎，年轻就是好哇，我们这个年纪，让我们睡觉也睡不着啊。"

后来，随着对设备的逐渐了解，才明白大姐的话是啥意思。值班越久，胆子就越小。往往听着室外的变压器在轰轰响，开关、闸刀、避雷器在吱吱叫，都很紧张。说得夸张点，往往是一个晚上也不敢打盹，生怕这些宝贝设备半夜里出毛病。

再后来，蒲公英发现了一个不用上夜班的“秘密”，就是参加公司的各类竞赛，尤其是专业知识竞赛。只要一竞赛，就要进行脱产封闭培训，就不用上夜班了。为了这个“秘密”，她拼命地学习业务知识，有时为搞懂一个知识点，甚至爬进电缆沟查找接线。很快，她就从一名实习生成长为一名技术员。经常被抽调参加各类、各级竞赛，屡屡获奖。那时候，同事都叫她“小电脑”“竞赛专业户”。

闲暇之余，蒲公英喜欢动动笔，写点什么。当时，公司有个内刊，她的文字经常见诸报端，文笔属于小资小调的那种。有一年，系统内举办散文大赛，她的散文《咸淡夫妻》，获得一等奖。

这种紧张、清苦也蛮有意思的小日子，一过就是2000多个。工作五年后，在一次全国性的专业竞赛中获奖后，她意想不到地被调入了公司企管科，从事标准化、QC、管理创新等基础管理工作。

这一次岗位变动，是蒲公英职业生涯中较大的一次改变。从最基层的班组到最核心的机关，从生产岗位到管理岗位，周围的同事都说她从糠箩里掉到米箩里，令多少小年轻羡慕得眼珠子都要掉下来了。蒲公英自然也是倍加珍惜这份来之不易的岗位，干一行爱一行钻一行的她，主管的工作在公司系统内也是经常受到表彰。

再后来，机关岗位调整，她所在的部门缩编了一个岗位。作为年龄最小的一名员工，理所当然应该出去“谋”一份岗位。就在这次岗位双向选择中，蒲公英去了当时的宣传科，岗位是新闻专责。

蒲公英的这次选择，很多同事不能理解。因为在当时，宣传科怎么也比不上计划企管科（后来，企管科和计划科合并了），一个是重点部室，一个是配合服务型部室，特别是新闻专责这个岗位，还是一个在当时所谓的列编岗位。

不过，世间的事情，往往就是这样，很多不看好的事情未必就是坏事。合适的就是最好的。

这个岗位，千真万确非常适合蒲公英这样的文艺青年。她每天都与文字、摄影、摄像打交道，都在做着喜欢的事。那时候，蒲公英的工作激情可以用“爆棚”这个词来形容，假如一天不写稿子，手就痒，仿佛魂都丢了。

当时，公司一个月的新闻发稿量抵得上以往一年的发稿量。不仅如此，她主动请缨，策划的“媒体记者走电网”

“魅力主播大赛”等大型活动在系统内也是广泛传播。几年后，蒲公英就被提升为公司记者站站长，成为一名中层管理者。

……

回忆，五彩缤纷。

那首韩庚的《青春梦想》仿佛再次响起：坚持最初的梦/幸福在转角等候/七色的彩虹/点燃心中悸动……

十五年了，岁月在流淌，蒲公英的梦想还在那里。

等待时光，生根发芽。

第二章 向左走 向右走

面试那天，蒲公英的内心平静如水。站在演讲台上，面对熟悉的领导、同事以及陌生的传媒业精英，她缓缓道来：今天，我选择去经营公司，是因为有一个声音对我说，去吧，为你心中的那个梦想……

那一次北京之行，回来后，日子并没有什么变化。

蒲公英依然每天忙碌着，采访、写稿，拍摄、编片，累并快乐着。

二十天后。

公司机关大楼的一楼大厅，张贴了一张海报，浓墨重彩的一大张——博艺传媒职业经理人招聘公告。尤其是

“职业经理人”几个字，加粗了，放大了，那么醒目。

“呵，还真招聘了！”

蒲公英有点不敢相信这是真实的，以为只是领导们说说而已，没想到还动真格的了。她赶紧回到办公室，按照要求填写报名表，发送到指定邮箱。

就在鼠标点击发送的一瞬间，蒲公英的感觉很奇怪，觉得自己有些任性，有些不靠谱。没有和现任领导汇报，也没有和家人商量，就这么决定了。她真的不知道，自己做这件事情是对还是错。

三天后。蒲公英顶头上司百合的办公室。

“蒲站长，怎么要选择去多经企业？”

面对百合的质问，蒲公英无言。百合是她的师姐，优雅而美丽，聪慧而优秀。

五年前的一幕，仿佛还在眼前。

“你最适合做新闻宣传工作，我们部门非常欢迎你的加入。”那一次机关岗位选择时，百合就是这么坚定地告诉她，鼓励着她。

正是这份鼓励，让蒲公英有勇气接受新闻专责这个新岗位带来的新挑战，并一发不可收地爱上了这个岗位。在这岗位上不断茁壮成长，不仅给大家带来一个又一个惊喜，自己也愈发地自信与美丽。

无论多少年过去，她都会深深感恩这些鼓励。

“这边是主业，机会很多。更难得的是，你很喜欢文字，已经得心应手。那边是多经企业，对于你来说非常陌生的一个行业，离你的专业越来越远。更何况，一切都要从零开始。”

百合的坦诚与反对，让蒲公英的心里不是滋味。但她清楚，以后百合会理解她的。

“蒲公英，你这是往火坑里跳啊！孩子马上上小学，经营公司，不是你想象的那么简单，当老板很忙、很累的，根本没有时间陪伴孩子。”同事黄桃，希望她能够放弃。

“对于你来说，是一次机会，这么大的一个舞台，等着你。”在多经企业工作几年的闺蜜，希望她能够坚持自己的选择。

“小蒲，真的要挑战自己啊？不过，放弃记者站站长的岗位，放弃你喜爱的文字与摄影，有点可惜了。”艺书记得知她真的报名参加竞聘，劝她还是认真考虑一下。

“怎样选择，关键看你自己怎么想。”在一次工作采访中，公司一把手木总遇见她，亲切地关心她的选择。

……

工作，生活，热爱的文字，变幻莫测的市场，不可预知的未来。

向左走？向右走？

笔试前一天的深夜，蒲公英还在纠结中。

“你还真幸福，经常会遇到选择的机会。”一向温和的老公蜗牛角调侃道。

蒲公英和蜗牛角当年是校友，同年级不同班。校园恋情，开花结果。一路走来，二十年了。

“听听自己内心的声音，问问自己最想要什么？”

蜗牛角希望蒲公英选择自己最想要的状态，在他眼中，蒲公英就是一个任性的孩子，应该去做自己喜欢的事情。

“有些时候，很想简单地工作啊，简单地生活啊。可是，可是，性格决定命运，可是，可是，我做不到啊！”

多么矛盾的蒲公英，这个风一样的女子，喜欢的状态竟然是“生于夏花之绚烂，死于秋叶之静美”。

“你呀，卖报纸都比别人累。”

蜗牛角说的没错，因为她一定会想方设法比别人卖得好。就连家中的阿姨，都说她是39℃女人，做任何事情都是满满的激情，不知道什么叫作累。

正因为个性如此，注定她经常会走到选择的道口。

“呵呵，一个有梦想、有追求的人，若选择放弃，会痛苦的。与其这样，就大胆地去做。支持你。”

“妈妈，还有我呢，和爸爸一起支持你。”宝贝女儿也举起她的小手，鼓励妈妈做出自己的选择。

蒲公英的心里暖暖的。家人的这份鼓励，更加坚定了她的梦想，促使她第三次走上竞聘的舞台。

第一次参加竞聘，还是在中专学校的校园里，竞聘的职务是学校宣传部部长。那时候，她呀，扎着两个马尾辫，走上演讲台，认真地谈自己的想法，尽管当时紧张得小腿肚都在打颤，结果却意想不到地成功了。

第二次竞聘，是工作十年后，竞聘的岗位是公司工会办公室主任，最终却以第二名的成绩败北。

“既然已经决定了，还是做些准备吧。”

“好嘞。起来做考题。”

蒲公英从温暖的被窝里爬起来，认真准备“假如我是总经理该如何去做？”这个命题。

作为一名竞赛专业户参加考试，结果没有任何悬念，她以笔试第一的成绩，进入面试环节。

面试那天，蒲公英的内心平静如水。站在演讲台上，面对熟悉的领导、同事以及陌生的传媒业精英，她缓缓道来：“今天，我选择去经营公司，是因为有一个声音对我说，去吧，为你心中的那个梦想……”

最终面试第一。蒲公英获得了博艺文化传媒有限公司总经理的岗位。

第三章 未来与现实的距离

记忆中，那些优秀企业家在商界叱咤风云的模样还是那样的清晰，但如此真实的现状，模糊了蒲公英的双眼，她根本看不见博艺传媒的未来。

原来，未来与现实之间的距离还不小。

2009年12月2日，一个难忘的日子。

这一天，天气晴好。

阳台上的两只鹦鹉，一早起来就在不停地欢唱；一旁的巴西龟，也高昂起长长的脖子，见到蒲公英，四只小“手”不停地拍打着木桶四壁，试图往外爬。

“呵呵，你们也这么开心啊！”

蒲公英仔细地为它们打扫房间，喂食物，换水，还不忘和鹦鹉斗斗嘴，让巴西龟做做爬行运动。随后，前去参加工作会议。

今天，要下达她的任命文件。

“经研究决定，任命蒲公英为安徽博艺文化传媒有限公司总经理。”

博总宣读完这份文件，递交到蒲公英的手中。

如此熟悉、简单的几个字，蒲公英反复看了几遍，感觉是如此亲切，却又那么陌生。

蒲公英的职业生涯翻开了崭新的一页。

“蒲总，博艺传媒公司要自主经营、自负盈亏。目前还没有注册，但是就要用这个名字；队伍嘛，原来有个印务公司，里面有几位同志，你就带着他们一起干吧。”

“好的。感谢领导的栽培与信任。我会竭尽全力从头学起，经营好公司。”

就在蒲公英发表了这个简短的就职演说后不久，她的心情，从高空跌入低谷。

印务公司负责人汇报了公司的经营情况。目前，公司利润数据为负数。有一个文印室，9人一起办公；一个印刷厂，

3名工人。员工平均年龄40多岁，大专及以上学历仅2人。

一个入不敷出的企业，一些缺乏市场经验、学习力较弱的老员工，一个即将上任却没有任何经营管理经验的领头羊……蒲公英有些茫然与失落。早晨的激动滋味，不知不觉间已被对未来的迷惘所替代。

她压根没有想到，走上新岗位的第一天，就是这样一种局面。公司没有注册，办公没有地点，没有人告诉她应该怎样去做？关键是还要自负盈亏，要养活包括自己在内的13个人？！

挑战挑战……考试卷上的答题能够行得通吗？她甚至开始怀疑做出这样的选择，是否是一时冲动。

记忆中，那些优秀企业家在商界叱咤风云的模样还是那样的清晰。但如此真实的现状，模糊了蒲公英的双眼，她根本看不见博艺传媒的未来。

原来，未来与现实之间的距离还不小。

中午时分，蒲公英回到家，把自己埋在客厅的沙发里，任凭宽大松软的沙发将她彻底淹没，一动也不想动。

每一次/都在徘徊孤单中坚强

每一次/就算很受伤也不闪泪光

我知道/我一直有双隐形的翅膀

带我飞/飞过绝望

……

酷狗音乐里，《隐形的翅膀》的旋律在缓缓地流淌。

这是蒲公英很喜欢的一首歌，她一直相信她也有一双隐形的翅膀，带她飞，给她希望。

“小蒲，怎样选择，要看你自己怎么想。”木总亲切的话语仿佛还在耳畔回响。

“想试试，挑战一下。”那个时候，蒲公英的声音是那么坚定。

“如果去传媒公司，就好好做，将来做个企业家。不过，你也不要害怕，如果真的还想回主业，也不是不可以。”

木总的关爱，让蒲公英无比感激。

可这一切已是昨天，不再回来。开弓没有回头箭。蒲公英知道，她不能辜负领导的期望，不能辜负心中的理想。从小就不服输的个性，如今怎能见困难就躲。当前，最要紧的是面对现状。然后，改变现状。

蒲公英从松软的沙发里爬起来，打开电脑，百度搜索

“传媒公司”，从南阳到北上广，从本行业到外系统，从小规模到上市公司，认真查阅经营范围、组织机构、工作流程、人员配备、典型案例……

随着页面不停地变换，那种迷惘的感觉也一点一点地消失，博艺传媒神秘的面纱仿佛一层一层慢慢地掀开。

“呵，还没开始做呢，怎能自己吓自己呢？别人能够做好，我一样也可以。”

蒲公英的思路开始清晰，自信心在一点一点地回来。

“下午2点30分，通知印务公司所有人员召开见面会。”

“好的，蒲总。”

随后，蒲公英转身走进衣帽间，挑一件淡绿色的职业装。

“绿色，代表希望。”

再洗把脸，清醒一下刚刚还有些迷糊的头脑。拿起一支口红，认真地涂在唇上。

望着镜子里的自己，蒲公英给出一个自信的、甜蜜的微笑。

“加油，从现在起。”

准时走进曾经无数次来过的文印室时，蒲公英意外地看到，原本凌乱狭小的办公室，整洁了许多，仿佛一下子变宽敞了，也明亮了许多。

些许感动涌上心头。蒲公英知道，大家是用这种方式欢迎新领导的到来。

曾经那么熟悉的姐妹们、师傅们，安静地坐在那里。

一张张微笑的脸上，似乎都画了一个大大的问号，仿佛在说："如此年轻、瘦弱的女子，还是个文艺青年，能带我们做企业吗？企业可不是写出来的。"

蒲公英微笑地和大家点点头，坐在为她准备的椅子上。

"大家好，我是蒲公英，彼此都很熟悉了。来自宣传科，喜欢码字，是个文艺青年。其实，我还有另一面，那就是敢想敢做。要么不做，要做就要竭尽全力做到最好。到博艺传媒，是因为爱好，也想挑战一把，看看自己到底有几斤几两，舞文弄墨还行，看看能否拿起真刀实枪干一场……"

第一次见面会上，大家都真诚地畅谈了各自的愿望与想法。蒲公英了解到，他们几乎都是和印务公司一同成长的，有的甚至把美好的青春年华献给了企业。在谈到印务公司创立、发展、衰退的几个时段时，那种眷念、不舍与无奈纠结在一起的情绪，深深地感染了蒲公英。

出乎意料的是，大家不仅掏心掏肺地说了，还都认真地写下了自己的长处与不足、对博艺传媒的意见与建议，交给蒲公英。

这不仅仅是一叠手写稿！

她抬起头，看到了十几双期盼的眼神。她仿佛看到了希望，博艺传媒的希望；感受到了一种力量，责任的力量。

“谢谢，谢谢大家。尽管我心里没底，也不知道该怎样去做经营。但是，我想，我会和大家一起，共同努力，改变自己、改变现状，让公司越来越好。”

蒲公英的眼中有了些涩涩的感觉，仿佛有一种无形的力量在推着她往前，往前，再往前。

“当前，我们要做的是，一周之内，文印室要有变化，大家的精神面貌以及服务态度要焕然一新；一个月之内，各项工作要有起色，业务能够循序渐进地开展起来；半年之内，公司要初具规模，内部管理要有序，市场拓展要有效……”

此时，热烈的掌声响起。

蒲公英知道，从现在起，她就要和大家一起“改变自己、改变现状”。

这不是简简单单的八个字。

是沉甸甸的诺言。

第四章 学会解题

经营业绩，只凭数据说话。10万元，在今天看来，真的是小菜一碟。但在当时，对于刚刚经营企业的蒲公英来说，已经是很大的一个数字。更何况，一个月的时间，太短。

上岗第二天。多经企业财务负责人，美女茉莉的办公室。

“蒲总，企业年终核算时，完成了目标利润就可以拿到正常的工资奖金。若超额，还会有奖励；若亏损，奖金就没了，公司所有人员，包括你哦。”

博艺传媒的财务是由多经企业统一管理，茉莉就是一个大管家，要管理十几家企业的财务，一眼看上去，就知道茉莉是一位气质型的“白骨精”（白领+骨干+精英）。

她认真地给蒲公英算了笔账。

“离年终核算还有一个月时间，你们公司今年的利润指标是10万元，当年投资60万，投资回报率17%左右。”

利润、投资、回报率，这些字眼对于蒲公英来说，只在书本上见过。但从今往后，蒲公英可就要经常和它们打交道了。

“您是说，博艺传媒要在一个月之内赚够10万元，回报给投资公司？”

“是的，这个数字在明年，会有较大幅度提升。”

“知道了。”

其实，这是她第一次知道，经营企业不仅要养活大家，还得挣钱回报投资公司。

来之前，她对经营企业完全缺乏最起码的了解，只是梦想能有一个舞台可以自由驰骋，没想到在舞台上表演更需要专业技能。

经营业绩，只凭数据说话。10万元，在今天看来，真的是小菜一碟。但在当时，对于刚刚经营企业的蒲公英来说，已经是很大的一个数字。更何况，一个月的时间，太短。

蒲公英骤然感到，一股无形的压力扑面而来。

而且，这一切仅仅是开始。

她需要立即破解企业经营的第一道考题——扭亏为盈。

当天晚上，蒲公英失眠了。

客户是衣食父母，他们在哪里？有了业务，又由谁去做呢？

一连串的问号，在脑海中此起彼伏。她需要一个一个地解决。

文印室这边有2名男同志、7名女同志。男同志当中，一个是开水，一个是韩非子。

开水，原来印务公司的经理，和蒲公英是老朋友了。年近不惑，有艺术范，琴棋书画，样样精通。性子慢，脾气好，人缘不错。艺术总监的岗位非他莫属。

韩非子，公司创始人之一。四十过半了，印刷业务专家。责任心强，性子急，做事麻利，效率高。适合做项目经理。

荣子、红梅、香香、青草、海螺以及小程是感情深厚的六姐妹。除小罗是大专毕业外，其他都是初、高中毕业后就到公司上班了，工龄最短的也有近十年。荣子、海螺、小程是打字员，其他人都是做复印工作。六姐妹感情深厚，非常团结，性格都开朗，往往在来文印室的路上，就能够听见她们“咯咯……”“哈哈……”一串串爽朗的笑声。她们都能吃苦，肯干。其中，荣子的学习能力、沟通能力要强些，工作也积极主动，比较适合做些服务、管理类的工作。

还有一位是会计，汪大姐，快六十了。来公司也有十几年了，几年前退休，返聘回公司。做事认真仔细，特能吃苦，为人善良，对大家都很关照。

此外，就是印刷厂的3名工人。其中1名印刷工，男同志，五十多岁了。另外两名负责装订，都是四十、五十岁的老大姐了，拿计件工资，有活就来上班，没活就在家歇着。

就这些员工了，懂设计的？没有。跑市场的？学管理的？还是没有。

怎样才能挣够上缴的利润呢？蒲公英忍不住不停地问自己。

已进入冬日，夜晚如此的寂静。

床头闹钟的滴答、滴答声，那么清晰。它已经不厌其烦地走到了凌晨时分，可是蒲公英睡意全无。

她干脆起来，到书房，找出笔记本，将问题一条一条地写上，开始逐个解决。

画出最简单的组织机构图，充分考虑到每个人的性格特点以及能力方向，将合适的人放在合适的岗位。

画出因果鱼刺图，从目标到措施，逐层分解，直到有效解决。

最后，形成初步的计划书。

蒲公英仔细揣摩这套计划书，很开心。看来，五年的企业基础管理经验，真是一笔宝贵的财富啊。面对难题，特别是越复杂的难题，越能够快速地理清思路，找到解决的方法。

“马上走进市场。”

蒲公英告诉自己，只有走进去，才知道客户需要什么。如今，纸上谈兵不再是她的本职工作了，要闯市场，带队伍，干活。

窗外，天色渐亮，睡意排山倒海般袭来。

迷糊间，蒲公英进入梦想。梦见自己在一片宽广的草原上奔跑，身旁是一大片一大片竞相盛开的蒲公英，一阵风过，花絮飞舞，美丽极了……

第五章 相信自己

每一天，每一周，每一个月，甚至每一年，我们都要给自己树立一个目标，然后朝这个方向努力。若干天后，会惊讶地发现，我们完成了很多意想不到的事情；若干年后，更会惊喜地发现，我们的能量有多大，做到了原本以为根本不可能做到的自己。

“吴主任，您好，最近部门有哪些项目需要服务呢？”

“刘处，听说有本专题画册需要设计，可以让我们试一试吗？”

“张总，最近的大型会议，可以委托给我们吗？”

……

蒲公英明白，作为一个商人要永远记住，摸透客户的需求，提供他最需要的产品和服务，市场之门才会为你打开。

上班第一周，她给自己安排的工作就是跑市场，调研目标客户的需求。每天登门拜访供电公司所有部门的相关负责人，了解他们的工作需求，听取他们的意见和建议。

她拿出当年做记者的看家本领，认真地听，仔细地记，形成厚厚一叠采访手记。晚上回到家后，开始整理，从中分析，形成调研成果。

12月9日下午，文印室。召开全体员工第二次工作会议。

“请各位讨论公司本月计划书：目标是10万元利润；时间20天；可以提供的服务业务为打字复印，设计印刷，影视制作，活动策划，礼品配送服务，展板安装等；当前的客户群体有省市公司各部门。具体的方案请各位仔细阅读，然后提出修改意见。”

蒲公英仔细地观察每一个人的表情，他们是那么的认真。虽然，办公室里根本就没有会议桌，但丝毫不影响大家参会的认真劲。材料拿在手里，或放在腿上，有的拿着笔在画什么，有的眉头紧锁……小小办公室里，只听见纸张翻阅的声音，那么的清脆，悦耳。

“看好了吧，哪一位先谈？”

“我先说吧。”韩非子习惯性地用手推推他的近视眼镜，说道：“这份计划书，写得很细，很好。蒲总不愧为文字工作出身。只要做到了，目标一定能够实现。但是，我认为难度很大。”

“哦？”

“这些年，我做印刷，非常了解它的各环节，简单的印前工作，我们目前的人员，完全没有问题，但较为复杂的印前设计，我们根本没法做啊！”

“是的，缺乏专业人才。还有吗？”

“春节马上就要到了，春联礼包的策划也非常好。可是，我们不知道，这些礼包要卖给谁呀？”荣子对春节策划有些忧虑。

“是的，缺乏销售经验。继续。”

“我只会复印，学打字，年龄大了，还得要一些时间。更别说展板制作等工作了。”红梅说道。

“是的，学习能力较弱。”

……

问题很多，意见不少。

可以看出，大家对这个计划书都很感兴趣，但对公司目前的能力都持怀疑态度，对目标的实现根本就没有信心。

其实，蒲公英知道，不会做事、缺少经验都不可怕，可怕的是缺少干事情的激情，干成事的信心。

"没有人天生就会做很多事，只要大家用心学，没有什么学不会。"

"就拿我自己来说，不是文科出生，照样写新闻；没有学过摄影，还能经常获奖；不是学管理，也敢经营企业。因为我相信，只要想做、肯学，就一定能够做好。因为办法总比困难多。"

蒲公英知道，大家现在需要的是树立信心，重新认识自我。

"我们要相信自己，不仅可以去做，而且能够做得很好。无论面对什么样的难题，都要记住六个关键字:目标，措施，执行。每一天，每一周，每一个月，甚至每一年，我们都要给自己树立一个目标，然后朝这个方向努力。若干天后，会惊讶地发现，我们完成了很多意想不到的事情；若干年后，更会惊喜地发现，我们的能量有多大，做到了原本以为根本不可能做到的自己。”

在很小的时候，蒲公英的父亲就教会她这个道理。那个时候，还是在小山村中，没有电，每当新年来临的时候，蒲公英的爸爸妈妈就带领她和弟弟妹妹，围坐在煤油灯下，盘点一年来的收获，分享收获的喜悦，同时，给来年定一个目标。

这样的画面一直定格在那里。后来，无论她走到哪里，遇到了什么样的困难，都会有一股暖流在心里，一股力量促使她继续前行。

“至于不会做，根本不是问题。我们可以学习，可以寻找合作伙伴。但是，前提是，我们每个人都要竭尽全力去做最好的自己。”

随后，蒲公英带领大家一起梳理工作流程，从市场到执行，严格做到管理闭环；逐一完善每一条具体措施，并且责任到人，严格控制时间点。

蒲公英要求每一个人，都要清楚自己在公司管理链条上的位置，明白自己该做什么，怎样做，做得怎样。

蒲公英还将自己的一个小习惯教给大家，那就是每天花十分钟的时间做小结、计划，明确每天的工作目标，检验每天的工作成效。

她就像一位十分用心的老师，手把手地把她仅有的那点小经验，毫无保留地传授给她的伙伴们，看到大家如饥似渴地学习，她的心中，燃烧起希望的火种。

“滴答。”手机的短信声响起。

“妈妈，什么时候到家？”来自可爱的女儿。

蒲公英微笑地看着，自打女儿学会发短信，就不时来一条。

一看时间，确实不早了。不知不觉间，窗外已是夜幕降临，华灯初上。

“今天就这样，开始倒计时，我们每个人根据分工，立即行动，等有业绩了，一定请大家好好地撮一顿。”

“好嘞！”

这个声音是那么的响亮、整齐，划过夜空。

第六章 甜蜜的收获

有付出就会有收获。这本画册，对于博艺传媒来说，不仅仅是一个订单，更是一份信任，一种鼓励，它让我们更有勇气接受更大的挑战。这就是博艺传媒的收获，收获了做事的信心。

又到周末。

"蒲总，省公司宣传画册的设计版式，通过了验收，PK掉另外两家。这是我们公司第一笔通过市场竞争获得的订单呐！"

一大早，艺术总监开水带着设计稿向蒲公英报告。从开水开心的笑容里，蒲公英看到了那种付出带来的快乐。

蒲公英很清楚这笔订单的分量。那是她上任后的第二天，一位老领导给的机会。订单来的时候，说得很清楚，三家公司同时设计，凭实力说话，哪家版式有设计感，就确定给哪家做。

蒲公英立即召集开水、小罗以及韩非子，共同研讨设计安排。

“第一，立即与客户沟通，了解画册主题内容，做好两个定位，一是主题脉络定位，二是设计风格定位。第二，立即查阅相关设计资料，‘天下文章一大抄，看你会抄不会抄’，画册设计同样如此。第三，开水负责艺术指导，小罗负责设计，韩非子负责后期印刷制作。”

研讨会上，一个设计小组就这样成立了。蒲公英告诉大家，“只许成功，不能失败！”这句话不仅是对他们说的，更是对自己说的。

紧接着，大家开始忙碌起来。

一稿，二稿，三稿……记不清否定了多少稿，总之，最后一稿让蒲公英眼前一亮，当即拍板：“就它了，送去吧。”

真是功夫不负有心人。望着这份通过的设计稿，蒲公英感慨万千。

“大家辛苦了。”

“蒲总，其实我们不怕辛苦。设计通过了，就是最大的奖励。那几个通宵，算是没有白熬啊。”开水说道。

正在蒲公英与开水说话间，客户经理荣子跑过来了。

“蒲总，有好消息。”

“哦？”

“今天春节礼包又定了500份，截止到目前，已经有8560份了。”

“是吗？太好了。”

蒲公英立即拿来计算器，噼里啪啦地计算起来。一份礼包，毛赚1元；销售了8560份，赚了近1万元！呵呵，别看小小的生意，只要销售量上来了，利润也是可观的。

在这次春节对联礼包定价的时候，蒲公英结合市场行情，确定以低价来促销，这一招果然奏效。性价比高、客户必需的产品自然是有市场的。

“蒲总，你看春联礼包的手袋、对联、窗花都已经到货了，在这里，效果非常好！”韩非子过来汇报。

“好，好。”

蒲公英打开这些作品，仔细抚摸着，真有点爱不释手呢。

“大家都过来吧。”

看着围过来的战友们，她说道：“一个上午，好消息不断啊。这种感觉真的是，好，很好，非常好。这段时间，用五个字形容，累并快乐着。现在，大家把手里的工作都放一下，我们简单地总结一下，谈谈收获与感悟。荣子，你先来。”

“真的很开心。根本没想到，对联礼包居然能够推销这么多。刚开始，我这心里真没底，发促销邮件时，心里还嘀咕，要是没有人关注如何是好啊。结果呢，很快就有咨询电话打过来。接下来，我就主动出击，进行电话推销。当时心里也发虚，怕拒绝，怕别人反感，怕自己没有面子。事实证明，这个担心有点多余，我们的客户素质很高，愿意花一点时间来听我介绍。再后来，订单就越来越多，心情也越来越好。只要客服电话一响，我就希望是定礼包的。每次查看订购的数字，只要是增长，我就很开心，倘若数字没有变化，我就有些着急。毫不夸张地说，晚上连做梦都是推销礼包。这一次销售经历，收获很大，很有成就感。”

“没想到，荣子，你原本话不多，但说起自己的销售经也是一套又一套的。很好，找到自信了，这比什么都重要，你还可以尝试更有挑战性的工作，你会发现自己越来越能干。”

大家为荣子的表现，发自内心地开心，为她的收获鼓掌。

“我们设计小组也没有想到，设计稿居然能够PK掉另外两家。要知道，他们不仅有设计经验，而且和业主单位有合作基础。一遍、两遍、三遍……修改时，我真的担心可能要白费功夫了。如今看来，竭尽全力去做，就有机会收获成功。”小罗感慨道。

“是啊，用心去做，就有收获。在礼包、对联、窗花印刷前，我是反反复复校对好几遍，还请大家帮忙一起看，就担心出错，那不仅费功夫、误时间，还得赔上材料钱啊。”老大哥韩非子说道。

“我来说说打字吧，打开始就有抵触情绪，想象着很难呢。可是一个星期下来，感觉完全不一样！五笔、拼音，都可以驾驭了。其实，有时候，心里想的都难，真正做了，也就简单了。所以很多事情，还是要去试一试，不试怎么知道能行呢。”红梅说道。

“有付出就会有收获。就这本画册而言，对于博艺传媒来说，不仅仅是一个订单，更是一份信任、一种鼓励，它让我们更有勇气接受更大的挑战。这就是博艺传媒的收获，收获了做事的信心。”就连一向沉静的开水，也按捺不住内心的激动。

“作为老大姐，看着大家都在进步，都有收获，真开心。我也告诉大家一个好消息，公司开始有盈利了，完成任务应该问题不大了。”

财务汪大姐说完，气氛一下子进入高潮。大家开心地欢呼起来。

此时，蒲公英的内心激动不已。她真的没有想到，变化来得如此之快。比她预估的时间，要缩短了许多。

还在学生时代，同学们就说蒲公英，“你呀，身上有一种魔力，能够感染我们大家，一旦被你感染，就像中了邪一样，就会跟着你的想法去做事情。”

也许，这种东西就叫作激情，对学习的激情，对生活的激情。如今，蒲公英把她创业的激情，传染给了公司的每一位成员，哪怕你曾经波澜不惊，心静如水，一旦被传染，也难以控制住内心隐藏的那股劲儿。

“其实，我们每个人都是有潜力的，团队的力量更是无穷的。每一天，望着大家匆匆的脚步、忙碌的身影、开心的笑容，我就很开心。真心希望，我们每个人每一天都会给自己一些惊喜。感谢大家的努力，我们还有很长的一段路要走，但只要心往一处想，劲往一处使，就没有做不成的事。今天晚上，请大家土菜馆撮一顿！走起！”

“好嘞！”

小小的文印室内，弥漫着一种叫温暖的东西，久久不散。

第七章
接受挑战

有一种人非常适合做企业。身上有这么几个标签，有梦想，追求成就感；勇于挑战，有担当；有思路，做事投入；有激情，商业敏感性强；情商高，喜欢并善于和人打交道。

天气渐渐冷了。

不知从什么时候起，天空中开始飘起了雪花，大街上洋溢着浓浓的圣诞的味道。

转眼间，2009年就要结束了。

蒲公英来到博艺传媒已经有一个多月了。她的第一道扭亏为盈的考题，算是顺利过关了。

“博艺传媒，今年利润指标完成了，所有员工的工资奖金可以正常发放了。”

在多经企业年终总结会上，博总说完这句话，蒲公英顿时倍感轻松，她那一直紧绷着的神经，终于可以暂时放松一下了。当然，这个休息的时间很短暂。因为，2010年已经悄然来到。

“蒲总，按照这个月的经营发展趋势，博艺传媒2010年预计可以做到500万产值，2011年预计1000万产值，到2012年，差不多可以有3000万产值。”

在讨论2010年度指标时，多经企业的投资专家排骨建议道。

“啊？啊？这个难度也太大了。当年印务公司年产值最高才达180万元呢。”

“蒲总，我们给印务公司投资60万元，每年回报10万元；给博艺传媒投资是500万元，按照每年20%的投资回报，年上缴利润应该有100万元。那产值至少要做到500万元，可能还不够，您说是吗？”

好一个投资回报率！站在股东的立场，这个好像一点也没有错。但作为传媒公司，流动资金无须太多。她宁愿不要500万元的投资。

“为了公司将来的发展，注册资本不宜小。”排骨仿佛洞察蒲公英要说什么。

“更何况你有这个潜质。何不试一试？”

“哪里有潜质？怎样去试？那个10万元的利润数字才搞定，又来了一个500万元的数字。”蒲公英想，是时候要好好地学习一下财务知识，做经营会算账是必需的。

“有一种人非常适合做企业。身上有这么几个标签，有梦想，追求成就感；勇于挑战，有担当；有思路，做事投入；有激情，商业敏感性强；情商高，喜欢并善于和人打交道。”

“我可没有这些标签啊。”蒲公英笑着说。

“蒲总，别谦虚了，您就是这种人。所以呢，要有勇气接受新挑战，相信自己，去努力做到更好。”博总说道。

“是吗？我是这种人吗？”蒲公英像是问大家，又像是问自己。也许博总说得没有错，可能她的骨子里就是这么不安分，喜欢做事，喜欢挑战，追求成就感。

可是，面对500万的数字，蒲公英真的没有把握，也不想有这么大的经营压力。

“不跳进水里，怎会知道水的深浅呢？市场大潮，险滩激流随时随处出现，只要学会游泳，就不怕呛水。有压力才可能激发出更大的能量来。到那一天，你会有成就感的。”

排骨和博总还真是一唱一和。

蒲公英何尝不知道，在博艺传媒这个舞台上，她想要跳一支什么样的舞曲？

只是，500万的数字有多大？要做多少份订单？按照打字复印的业务来算一算，复印每张纸收取0.2元，那要等到猴年马月才能实现目标？

“蒲总，胆子要大些，步子要快些，经营的思路要开阔些，目标会实现的。”博总鼓励蒲公英可以试着接受这个目标。

“感谢各位领导的鼓励与信任，那我试试吧。”

蒲公英喜欢挑战的个性，这个时候，又默默发挥作用了。

2010年1月10日，给公司下达的经营指标是产值500万元，利润100万元。

三天后。蒲公英办公室。

博艺传媒召开年度总结计划工作会议。

这间办公室也是刚刚落实的。估计有20平方米，隔成两间。里间是蒲公英的。外间，装有4个屏风式办公桌，有些挤，由财务及综合管理人员使用。

“投资公司的年度指标计划已经下达，各位先仔细看一下后，发表一下想法。”

大家开始仔细地翻阅这份文件。

“蒲总，这个产值、利润指标也太高了啊！”

负责市场的蝴蝶第一个发言了。蝴蝶是在蒲公英报到的第二天，来到博艺传媒，是公司招聘的第一位新员工。四十来岁，思路清晰，做事泼辣，还长着一张明星脸。

“蒲总，一个月以来，公司运转起来，业务已经排得很满很满了。我们大家相比以前忙碌了很多，姐妹们几乎没有上下班概念了。”荣子诚恳地说道。

“蒲总，还是和上级谈谈吧。按照目前的业务，几乎没有可能。”财务汪大姐忧心忡忡。

……

无言的沉默。

蒲公英何尝不知道前面的道路困难重重，可她更清楚，作为投资方，寻求最大回报理所当然。作为一名职业经理人，始终要将投资方的利益放在第一位。经营企业，赚钱才是硬道理啊。

“指标不太可能改变，能改变的只有我们自己。我们要接受这个现实，顶住压力，树立信心。”

蒲公英知道，压力肯定是要有的，人不逼一下，不知道自己的厉害。

“大家都是人到中年，上有老，下有小。现在确实已经顾不上老人和孩子了。不管是白天还是晚上，只要客户一个电话，立即赶到办公室。很忙碌，很辛苦。这些，我都看在眼里，记在心里。”

蒲公英看到大家都开始认真听她说，喝口水，继续说道：

“可是当前，对于我们公司来说，是一个艰难的成长的过程。我们每个人都在进步，这个进步很大，有的甚至是跨越式的。这些可喜的变化，我们看得见，客户也看得见。博艺传媒已经不再是以前的文印室、印刷厂了，它已经改头换面，脱胎换骨，很好地融入市场的大潮。我们也不再是以前的我们，开始慢慢地学会在水中扑通几下，但我们还不能真正地游起来。投资公司给我们压力，就是要我们很快学会游泳，能够自由地游来游去，像鱼儿那样。”

蒲公英的这番理论，连她自己都不知道怎么来的，一下子就脱口而出了，大概就是她这一段时间以来最真切的感悟吧。

“最近，很多单位都送来了橄榄枝，把业务交给我们做，公司的经营方向越来越明确，经营范围越来越宽，经营能力也是越来越强。但是，我们是否看到，我们还不能保证产品质量是最好的，服务是最到位的，成本是最低的。如果大家都能够找到开源节流的办法，也许，指标不是问题。”

“我们现在多少人？”蒲公英问道。

“15人。”荣子立即报出这个数。

“安徽春天文化传媒公司，大家都熟悉吧，就5人，每年创产值3000万元，人均多少？600万元。”

大家开始窃窃私语，发出惊讶的声音。

“布置一个课题给大家，公司如何创500万元产值？三天后递交答卷。”

蒲公英喜欢将工作中的一些想法写下来，她也将这个习惯带给了博艺传媒的同事们。蒲公英知道，他们大多不愿意动笔，可有些时候，因为要写，也就逼着自己去想，就在想与写的过程中，思路会不自觉地打开，文笔会不自觉地好起来。

第三天，大家都交来了答卷。

蒲公英认真地阅读每一篇，生怕丢掉了一些重要的字眼。她没有想到，稚嫩的文字下隐藏着许多宝贵的金点子。

大家都用心思考了。其实，这一段时间以来，蒲公英已强烈地感觉到知识储备已经不够了。创业是需要激情，但光有激情是远远不够的。今天她已将投资公司指标的压力传递下去，集大家的智慧，改变现状，接受挑战。

蒲公英知道，她有很多事情要做，很多考题在等着。这不，“企业管理”的命题已经摆在桌面——管理怎样才能出效益？

第八章
队伍壮大了

做管理往往也是种瓜得瓜、种豆得豆。老板对员工关爱，员工也会用爱来回报；老板动不动就发火，员工的脾气就不会好哪去；老板做事磨叽，别指望员工高效率；老板苛刻，员工就学会打太极。

随着业务的拓展，博艺传媒的队伍开始日益壮大。

在原有人员的基础上，招聘了2名视频编辑师、2名平面设计师、1名项目经理、1名人力资源管理专责、1名送货员兼司机。

怎样管好这些员工？怎样理顺当前的业务？怎样建立起更高效的管理模式？经营企业，这些问题不得不思考。

在企管部门工作时，蒲公英常写此类论文。可是现在，要实践那些理论，才发觉还真不是那么回事。

“木总，能介绍一下公司的构架吗？”

“周总，公司的流程可否给我参考一下？”

“谭总，传授一下内控方面的经验？”

……

蒲公英走进同类企业，学习借鉴他们成功的经验。白天在外面跑，晚上回到家，她就趴在电脑前画图表。

“市场是龙头，设计是核心，行政是配合。”蒲公英画出运营中心、业务中心以及行政中心的三大中心式管理构架。

“公司业务种类多，各类业务必须有专业的项目部门负责。”蒲公英画出事业部制管理结构图，五种业务，五个事业部，清清爽爽，分工不分家，遇到综合性业务大家一起做。

“订单要全寿命管控，从市场到生产，每一个环节都要可控。”蒲公英画出业务执行的流程图，从跟单到回款，3个环节11个关键节点，哪一个都不能少，流程管理要做到闭环。

“每笔订单都要核算成本，包括材料成本、各项费用以及人力成本，公司开销一张纸都要在核算之内。”蒲公英制出单项合同管理报表，从收入、成本到利润，公司到底是赚钱了还是亏损了，老板一定要心中有数。

蒲公英带上画好的系列流程图及报表，找到排骨，请他指点。

排骨仔细翻阅博艺传媒的管理文案，不停地点头。

“非常好，蒲总。事业部制管理模式，有利于业务的执行，单项合同成本核算有利于及时发现成本的异常。”

“在关键节点的管理上，需要留下痕迹。你现在要做的是设计好系列的执行单据，一个规范的企业这些单据必不可少。”

专家就是专家。光有流程还不够，还需要一些单据将这些流程串起来。

其实，蒲公英知道，管理就是管人理事。可是在创业初始阶段，很多工作恐怕还得老板亲自去做，把事情理顺了，把适合的人放在适合的位置。

根据业务流程，蒲公英和专业人员沟通，设计出系列管理单据，从合同范本，到业务单、发货单、成本核算单；从采购申请，到库存领料，所有单据一应俱全。

与此同时，安排人力资源编写岗位说明书，明确职责，开展岗位选择工作。

做好这些，蒲公英知道，当前还有一项更重要的工作要做，那就是绩效考核。

“企业的竞争说到底就是人才的竞争，怎样能够吸引并留住优秀人才，怎样才能让员工高效地工作，是企业管理的核心，更是一个难题。”

那天，蒲公英叫来公司人力资源部的小倩，讨论绩效管理的思路。小倩毕业于人力资源专业，有过三年的工作经验，工作有思路，肯吃苦，上手很快。

“企业员工假如都像你这样，该有多好。不仅主动去做，而且老板说一，你就做到三。可是，总有一些员工像磨子一样，推一下，动一下，工作被动接受，效率低下。这样的员工多了，企业想发展也难呐。”

说到这里，蒲公英还是小小地骄傲一下，她何尝不是这样的员工，工作激情爆满，主动思考、主动汇报、主动安排，不仅能做事，关键是做成事。换了好几个岗位，历经了好几位领导，还真没有不喜欢她的。

“其实，员工的表现怎样，与老板紧密相关。”小倩说道，

“有什么样的老师，就能教出什么样的学生。有怎样的领导，就能带出怎样的团队。”

“有一定道理。做管理往往也是种瓜得瓜、种豆得豆。老板对员工关爱，员工也会用爱来回报；老板动不动就发火，员工的脾气就不会好哪去；老板做事磨叽，别指望员工高效率；老板苛刻，员工就学会打太极。”

“其实，大多数老板都是从普通员工成长起来的，员工的心思怎能摸不清？简单得很啊，就是有相应的报酬、一定的发展空间，还有更重要的一点，那就是，一个彼此尊重的工作环境。”

“是啊，尊重很重要。老板都是从员工成长起来的，自己当员工的时候，希望老板这样那样；等自己成为老板时，角色变了，心态也变了，反而不去尊重员工的想法，希望员工这样那样。小倩，我希望自己能够突破这点。站在人力资源管理的角度，起草我们的业绩考核方案。充分体现干多干少、干好干坏不一样，采取以鼓励为主的激励方式，薪酬与业绩挂钩，营造人人抢着做事的工作氛围。”

“好的，蒲总。有些时候，金钱真的不是最重要的。”

“那是自然，用金钱能够解决的问题都不是问题。”

"很多时候，不良的情绪是一味毒药，蔓延开来，可以吞没一个企业的明天。"

"充满爱的工作氛围，往往能够带来意想不到的工作绩效。"

今天的对话，让蒲公英想了很多。这世上，如果能够真正做到换位思考，该有多好。如果能够做到心平气和地沟通，一切矛盾都将迎刃而解。

蒲公英真的希望，自己能够站在员工的角度上思考问题，解决问题。很多时候，一些想法钻出来，她一定告诉自己要开个会，充分讨论一下，然后安排执行。

一周以后。

博艺传媒的构架新鲜出炉。公司业务中心负责业务执行，设置装饰工程部、图文设计部、影视广告部、活动策划部、打字复印部；运营中心负责业务流程的有效运转，设置客户服务部、市场部、技术部、财务部；行政中心负责后勤服务，设置企划部、综合办公室。

与此同时，《员工手册》《经营手册》《内部管理制度汇编》等管理文案一一出台。

望着这样一叠厚厚的管理法宝，蒲公英感觉肩上的担子轻了许多，事情理顺了，执行起来就会容易很多。

第九章
当失误发生后

这起事件留给我们的启示：一是，细节决定成败，关注细节，从小事做起。二是，凡事预则立，不预则废。要学会做好预案，将问题扼杀在萌芽状态。三是，应急能力的培养，失误发生后，要头脑冷静、思路清晰，立即采取有效的补救措施。

2010年4月15日，淮扬充电站启动仪式现场。彩旗飘扬，人声鼎沸，热闹非凡。

这个仪式由博艺传媒承办。昨天晚上，工程部的负责人就带领几个小伙子来到充电站，通宵布置。

一大早，蒲公英来到仪式现场，眼看一切都在有序进行中，也就放心了。要知道，今天的仪式非常重要，不仅有省公司领导参加，还有市政府领导参加，不能出一丁点的差错。

叮铃铃，手机响了。是荣子电话。荣子在这个项目中，负责参加仪式人员的车辆调度。

“蒲总，大客车司机联系不上啊，手机关机，已经打了好几十个电话了。我都急死了。”

当天有30人要乘坐这辆车。仪式还有一个小时就要开始了，车开过来还得半个小时。

“有没有座机？有没有这个司机相关熟人的电话？”

“没有座机，这司机是一位熟悉的供应商介绍的，可他也联系不上。”

“约定的时间是几点？”

“已经过了10分钟。”

“现场主办方负责人在你跟前吗？”

“在。”

“立即跟他汇报，请他支持，协调乘车人员开私家车到现场来。不能耽搁。”

“好的。蒲总。”

放下电话，蒲公英的头上直冒汗。仪式就要开始了，参加的人员必须半小时到位。蒲公英立即跟仪式现场的主办方负责人汇报工作上的失误，请他一起协调。

30分钟后，人员陆续到位，并按照指定的站位站好。现场一切准备就绪，仪式如期进行。

当最后一个环节，几十只氢气球飘扬在空中时，蒲公英悬着的心才彻底放下，并立即就这件差错向主办方道歉。

"蒲总，你已经立即采取了补救措施。仪式效果没有受到影响，没有关系，不必自责了。"

蒲公英知道，主办方的理解，是对她工作的支持。但公司内部一定要开一个分析会议。

下午，公司会议室内，参加仪式的所有工作人员全部到位。

"这次仪式，是公司第一次承接规模较大的活动类项目。整体来看，还不错，客户也较满意。大家辛苦了。但是，大客车环节的失误，差点导致项目整体失败。现在，请大家一起分析，这起失误发生的原因，我们应该吸取的教训，项目总负责人蝴蝶，你先谈谈。"

“这个项目，我们共有4人参加，分为6个环节，每一个环节责任到人。昨天下班前，针对每一个环节，我都听取了相关责任人的汇报，都说没有问题，我也就没有再多过问。”

“荣子，你说说。”

“大客车环节，我是直接责任人。昨天下班前，我也和司机联系了，再一次核对了时间、地点，对方说没有问题。结果没有想到，发生了这样的事情。”

“好的。听起来是该做的都做了。出这样的问题，仿佛是一场意外。”蒲公英笑着说。

“应该有沟通上的问题吧。没有多要几个联系方式。”虎子说道。虎子，会展设计专业毕业，因为做事用心、细心，经常被客户点名服务。

“应该有意识问题吧，大家都没有想到会发生这样的事情。”华仔说道。华仔是年初来到公司，当时应聘当司机，经常跟工程部跑现场，勤快、肯学，很快对工程管理的流程以及材料等都很熟悉了，就调入了工程部，负责现场执行。

“很好。没有想到，这才是问题的关键。”蒲公英分析道，“从表面来看，我们的方案很好，流程很完整，责任到人，似乎没有任何问题。但从根本上来分析，暴露出两点，一是防范意识没有；二是应急处理能力较弱。先分析荣子，你是这个事件的直接责任人，这个司机是第一次合作，就应该想到假如明天他掉链子，怎么办？你要做的就是：第一，详细沟通他的行程路线、时间安排、联系方式；第二，假如他来不了，准备备选车辆。”

听完蒲公英的分析，荣子恍然大悟。“蒲总，我确实没有想到这些。就算想到了，我也会疑问，怎么会有那么多意外呢。”

“问得好，怎么会有那么多意外呢？意外，就是意料之外。方案看似很完美，可是一个环节没有做到，导致全盘皆输，难道仅仅是意外吗？不！其实，是方案的缺失。细节决定成败。因此，一个完美的方案要考虑到诸多方面的因素，特别不可或缺的就是预案的制定。”

“蝴蝶，你是项目的总负责，对这次失误要负领导责任。所有人员都是第一次执行此类项目，你在梳理环节时，有一点要做到的，就是提醒大家，做好预案。”

“是的，我确实有责任。特别是对荣子，她做事一贯很稳，我就没有多想。现在总算明白了，一定要做个有心人，在做事的过程中，多问几个‘如果这样’‘应该怎样’？”蝴蝶说道。

“蒲总，您分析后，我也醒悟了。这件事情的发生，好像我们都没有做错，但实际上我们都有错。做任何一件事，都要关注细节，做好预案。特别是那些不被注意的细节，认为不会出差错的细节。”荣子说道。

蒲公英欣慰地看到蝴蝶与荣子的变化，她们能够勇敢地承认自己的不足，这已经足够了。蒲公英对于她们俩，一贯非常尊重，一方面她们工作很努力，另一方面年龄都比蒲公英大，性格也都比较要强。有些时候，即便有些失误，其实内心已经认识到，但是口头上还是不太愿意承认。

“这起事件的发生，对外，我承担全部责任；对内，我承担领导责任。希望大家都能够记住，这起事件留给我们的启示：一是，细节决定成败，关注细节，从小事做起。二是，凡事预则立，不预则废。要学会做好预案，将问题扼杀在萌芽状态。三是，应急能力的培养，失误发生后，要头脑冷静，思路清晰，立即采取有效的补救措施。”

其实，分析问题，根本目的不是找茬，而是通过分析，吸取教训，避免以后还会发生类似事件。

第十章
变化的不仅仅是位置

从主业到多经，从甲方到乙方，变化的不仅仅是位置，更应该是心态。其实，市场就是这样，任何时候，公平都是相对的。要解决胜负问题，必须先解决规则问题。若想站住脚，就必须要转变思路、转换角色，适者生存。

天色渐渐暗了下来。

办公室内几乎没有了一丝亮光，漆黑一片。空气仿佛凝固了，安静得有些可怕。蒲公英、韩非子以及蝴蝶，就这样默默地坐着。

“蒲总，回去吧。”蝴蝶小心翼翼地说。

“你们先走吧，我想一个人安静一会。”

“那好，我们在外面等您。”

蝴蝶将办公室的门轻轻地带上，出去了。

时间倒回半个月前。

“蒲总，我们有一批印刷品以及广告业务需要招标，邀请你们公司参加。”某公司营销主管栗子的电话，让蒲公英一阵窃喜，又有新业务了。

“好的，感谢您的关心，我们一定积极参与。”

蒲公英关掉电话后，立即安排蝴蝶、韩非子分别负责标书的商务及技术部分。

一周后。

“蒲总，我们各项资料准备就绪。关于报价，需要您做出决定。利润空间控制多少合适？”蝴蝶拿来一叠资料。

“这次招标采取的是竞争性谈判，三家报价，两次机会，最低价中标。我们的目标是进入市场，因此，我想将利润控制在十个点以内。有意见吗？”

“其他几家投标单位和业主都有过合作，我们若要想中标，也只有这样。这次招标，我们的供应商也是全力配合，特别是广告牌供应商，愿意以成本价合作。”

“很好，下午的谈判会上，注意谈判技巧。”

“我都准备好了。”

下午2：30，某公司招标会议室。

营销、财务、审计、监察、物资等各部门相关负责人都在，虽然都是熟悉的面孔，但如今位置已经不一样了。蒲公英清楚，从甲方走向乙方，一切都发生了变化，不仅仅是位置。

“主持人，博艺传媒以及春天传媒资质齐备，但山门广告公司没有印刷许可证。”在资质审查环节，专家甲提出自己的异议。

“请法律专家解释。”会议主持人说道。

“关于资质问题，我是这样来看，所有供应商都是由主管单位提供，既然主管单位认可，原则上我们也认可。”法律专家回答。

“我提出异议。”蒲公英站起来，面对大家，“既然规则定好了，希望大家共同遵守。如果招标文件对资质没有做要求，那么可以；请大家仔细阅读招标文件的要求，第三条就是具备印刷许可证。这又如何解释？”

“我们是招标印刷品供应商，山门广告虽然没有印刷资质，只要他们能够提供符合我们要求的产品。视同可以。”法律专家解释。

开始进入报价环节。

“第一轮报价，春天传媒75万，博艺传媒70万，山门广告73万。中间休息5分钟，随后进行第二次报价。”

会议室外的休息场地，蒲公英和韩非子、蝴蝶再一次认真核对成本，最后决定以成本价报出。

“第二轮报价，春天传媒75万，博艺传媒60万，山门广告55万。根据我们的招标原则，山门广告中标。”

听到中标结果，蒲公英都有点不相信自己的耳朵，她很清楚，博艺传媒的报价已经是成本了，山门广告居然愿意低于成本价来做这笔生意。

接下来，还要进行广告代理的招标。在第一轮报价的休息时间，蒲公英立即安排蝴蝶和供应商联系，希望能够再让十个点，协助拿下这单生意。

“蒲总，供应商说了，如果一定要这样做才能中标，他们愿意承担这10个点，但只能在这一次。”

“知道了。”

最终，博艺传媒以低于市场成本价的报价拿下了这个标段。

原本，蒲公英以为可以满载而归，没有想到只取得一胜一负的成绩。虽然也能说得过去，但仍有深深的失落感。这种失落感使蒲公英第一次感到，市场竞争，“压力山大”。

“领导，我们这次投标失利了。”蒲公英还是忍不住给分管领导汇报，委屈的泪水止不住地流淌。

“哦，说说失利的原因。”分管领导关切地问道。

蒲公英简单地说了一下经过。

“没关系。失利不一定就是坏事。它让你更清晰地看清什么是市场，市场是有规则的；同时，也让你更清晰地看清，你们公司还有哪些不足啊。”

“谢谢领导，我知道该怎么做了。”蒲公英擦干眼泪，开始从另外一个角度思考问题。

成功都是有原因的，失利更是如此。不要只顾着寻找外在的不利因素，而不去寻找自身存在的问题。别人低价能够做，博艺传媒为什么不能做？成本控制有问题吗？

一连串的问题，让蒲公英如梦初醒。她立即将韩非子、蝴蝶叫到办公室。

“我知道你们和我一样，为印刷品没有中标难过。其实，这次失利也是好事情。必须分析我们的成本控制体系，分析我们的规范化服务体系，分析我们与客户的沟通问题……”

“蒲总，我们在分析成本的时候，没有考虑人力成本过大问题。”韩非子说道。

“另外，我们的服务跟以前比，确实已经有了天翻地覆的变化，但和市场上的服务行业比，还是有不小的差距。”蝴蝶补充道。

“是啊。我们要正确看待这次失利，要把公司放在市场这杆秤上称一称。我们不能够为失败找理由，要为成功想办法，否则我们终究会被市场淘汰。”

这次失利后，蒲公英加大了公司的成本控制力度，严格核算每一笔订单的成本，哪怕是多用了一张纸也不放过。

这次失利后，蒲公英要求全体员工树立起优质服务意识，牢记“只要您一个电话，其余由我来做”的服务理念，建立起首问负责制。无论是谁，接到客户的服务电话，就一竿子负责到底，公司上下，人人都是销售员，人人都是服务员。

这次失利，让蒲公英认识到从主业到多经，从甲方到乙方，变化的不仅仅是位置，更应该是心态。其实，市场就是这样，任何时候，公平都是相对的。要解决胜负问题，必须先解决规则问题。若想站住脚，就必须要转变思路、转换角色，适者生存。

这次失利，为博艺传媒迅速进入市场化运作打下了基础。

第十一章 一场饭局

尽管如此，今天的这场饭局是必须要参加的。因为她深知，做企业，必须要经营人脉关系。这个人脉包括三个方面，即客户、供应商以及员工。这三方面关系和谐了，企业的内外部环境也就和谐了，企业经营自然顺利了。

初夏时分的早晨，天气还是有些微凉。

大约七点多些，蒲公英来到公司。

如今，公司的办公环境好多了，已经拥有了一间25平方米的独立办公室，另外还有三间同样大小的办公室。原来的文印室，也进行了整体的装修，还增添了几台复印设备，比起以前，要实用多了，也气派多了，公司开始有模有样了。

坐在办公桌椅前，仔细翻阅市场部提供的合同管理报表，蒲公英的心情愉悦起来。

当看到白色A4纸上“1–5月份产值435万元”时，蒲公英的眉梢上浮现出喜悦的笑容。当然，浮现在眉梢的不仅仅是笑容，还有皱纹呐。然而此刻，眉梢的皱纹也是喜悦的。

蒲公英知道，这种喜悦，是置之死地而后生般的喜悦。哪一次制定的目标，不是要跳一跳才能够得着；哪一次制定的措施不是不留退路，必须咬牙往前冲，否则目标就会泡汤？可见，“没有想不到，只有做不到”确实是一句至理名言。

“咚咚……”

敲门声打断了蒲公英的思绪，原来不知不觉间，已到了上班的时间。

“蒲总，今年端午的文化推广策划，设计部分已经没有问题了。但是食品部分，包括粽子、绿豆糕、咸鸭蛋等需要提前订购，订购数量不好确定，因为客户订单还没有最后确定。”办公室主任荣子前来请示了。

“供货价格怎样？”

“市场部已经谈过了，3000份起订，5000份、8000份、

10000份，折扣都是不一样的。”

这是一个难题，份数多成本可以下来，利润空间就大些。但是这些都是应季食品，不可以存放较长时间，也不能退回商家，若是推销不出去，风险不言而喻。

“8000份。”

“啊？这么多吗？”荣子几乎不敢相信自己的耳朵。

“试试看。关键是营销策略。”

“好的，蒲总，马上将客户的订购意向资料给您发过来，有些大客户必须您亲自出面。”

“好。看后，安排一下时间，逐一上门拜访。”

接下来的日子里，蒲公英带着荣子开始了艰辛的端午文化礼包推广。

第一天，几笔小订单。

第二天，仍然是小订单。

第三天，有点起色。

日子在一天天地流逝，距离8000份的目标还很远。蒲公英焦急得有些上火了，夜里做梦都是推销端午文化礼包，看到订单暴涨，她开心地笑醒。然而，现实的压力依然很大。

……

“蒲总，截至目前4430份。离端午只有15天了！”荣子很焦急。

“好的。下午一上班，我们就去阳城的一家企业。这家企业的投资方我比较熟，效益也比较好。看看有没有意向在端午节为员工发点福利。”

下午的洽谈，非常顺利。

“蒲总，你来了，肯定没有问题，2000份。”企业负责人文总真的很给面子。

“文总，您的支持，真是太感谢了！”蒲公英激动得心都要跳出来了。这个数字，真是太关键了。

“不必言谢，你是一个干事情的人，支持一下是应该的。晚上一起吃个饭。”

“好的。”蒲公英爽快地答应了。

其实，蒲公英很少有应酬。一方面，因为打心里不喜欢饭桌上的觥筹交错；一方面，也希望有更多的时间可以陪伴女儿成长。

尽管如此，今天的这场饭局是必须要参加的。因为她深知，做企业，必须要经营人脉关系。这个人脉包括三个方面，即客户、供应商以及员工。这三方面关系和谐了，企业的内外部环境也就和谐了，企业经营自然顺利了。

客户关系是基础，因为客户是企业的衣食父母。产品好，客户不买，那真是一点办法都没有；关系好，只要产品质量没话说，肯定会优先考虑。

供应商关系是支撑，因为合作才能共赢。社会分工越来越细，很多项目是需要合作完成的。尤其是传媒公司，策划、设计是你的根本，但是后期很多工序，是需要不同专业的优质供应商来配合的。

员工关系是前提。一个好汉三个帮，老板再能干，也不可能完成所有的事情。工作效率的高低、质量的好坏，和这层关系是紧密关联的。员工与老板关系和谐，哪怕是半夜三更加班，也是心甘情愿；否则，一天的工作三天完成。

蒲公英深知，虽然博艺传媒是供电公司投资的子公司，但是供电公司的业务必须靠竞争才能够获得。“爱拼才会赢！”博艺传媒要高效做好这些业务，就得在提升企业生产能力的同时，经营好这三方面的人脉关系。

“蒲总，生意谈成了，还想什么呢？走，去食堂吧。”文总的邀请，将蒲公英拉回到现实中来。

自从做企业以来，蒲公英开始懂得饭局有时候真的很有必要，往往难以决定的事情，在饭桌上也许可以轻松解决。

男同志似乎比较适应饭局，甚至可以说有些喜欢。三五成群，吹吹牛、打打牌、喝喝酒，谈笑间，既排除了烦恼，又解决了难题。但是，作为女同志，一般情况下不太愿意参加，宁愿逛逛街、喝喝茶、聊聊天，家常间一切问题简简单单就能解决。

当晚的饭局，气氛很和谐。蒲公英的内心充满感激，端起了酒杯。就在一轮又一轮的劝说间，蒲公英感觉头疼得厉害，胃里也是翻江倒海般难受，但脑子异常清醒。长这么大，第一次喝酒这么难受。估计是近一段时间以来，太累了，体质下降了，喝点酒身体就承受不住了。

同事将她送回家后，6岁的女儿吓得要命，不仅一个劲地跟阿姨说："赶紧给妈妈喂水喝。"而且，立即打电话给她老爸蜗牛角，让他赶快回家，照顾妈妈。那个懂事的样子，真让人心疼。

"怎么样，喝多的滋味？"第二天醒来，老公关切地问道。

“生不如死。”

“哈哈，人在江湖漂，哪有不挨刀。”

“从此以后，白开水闯荡江湖。”

蒲公英揉揉太阳穴，认真地说：“以后你喝多了，决定不再责怪，另加一杯白糖水。待遇提升。”

这次饭局后，蒲公英就与杯中之物结下了梁子，从此不再喝酒。

6月底，端午订单高达8670份，超额完成既定目标。公司产值突破500万元，提前半年完成全年计划指标。

第十二章
逆水行舟　不进则退

学如逆水行舟，不进则退。做企业，同样如此。要居安思危，多维度经营，唯有超越自我，走创新之路，才能在市场中建立起常青的基业。

“上半年，公司取得了可喜的业绩，与每一位员工的努力付出分不开。但成绩属于过去，我们不能躺在功劳簿上。”

2010年公司年中工作会议上，蒲公英抛出了新课题。

“企业在解决温饱之后，应该考虑如何发展？”

博艺传媒当前的业务种类，都是围绕企业文化做文章。可文章也有很多种，短平快的消息，深度报道的通讯，讯，散文、诗歌、报告文学，还有短篇、中篇、长篇小说。博艺传媒的文章做得怎样，蒲公英心里自然很清楚。若把企业的水平比作学生学习的过程，那博艺传媒充其量也只在初中水平吧，离大学还远着呢。

“学如逆水行舟，不进则退。做企业，同样如此。要居安思危，多维度经营，唯有超越自我，走创新之路，才能在市场中建立起常青的基业。”

说到这里，蒲公英希望团队成员认真思考两方面问题，一是如何将当前业务做实？二是如何进一步拓展业务？

凡事预则立，不欲则废。

蒲公英对下一步的业务方向做了调整，一是以文化为载体，打出企业品牌；二是系统化地推广所在行业的标识品牌，成为行家里手。

“蝴蝶，每年秋季，我们系统都会有一个大型的表彰会议，全省系统内的领导都会参加，能否找一个与这个会议主题相吻合的舞台剧，以它为载体，宣传公司形象，扩大企业知名度。”蒲公英将这个策划交给了蝴蝶。

“好的，给我三天的时间。”

其实，对于蝴蝶来说，此类策划她从未接触过。但面对困难与挑战，她从来没有任何借口。

三天后。

“蒲总，山西舞台剧《解放》在全国进行巡回商业演出，这部舞台剧通过小视角反映大主题，舞台效果也很美。您看，能否以它为载体？这是策划方案。您看一下。”

“好的。”

蒲公英认真翻阅策划方案后，提出了自己的想法。

“我们要思考以下几个问题，一是舞台剧的主题与总部的形象吻合度；二是舞台剧的内容与公司品牌推广的关联度；三是与上级主管部门活动时间是否冲突；四是广告商的选取问题。

在进行一一论证后，蒲公英立即决定合作。

“现在的关键就是，一方面做好公司文化品牌的包装，交给设计部门即可；另一方面就是拉赞助，找广告。”

“这是公司成立以来最大的一项投资了。如果广告运作得不好，那就只能作为公司的品牌推广了。如果运作得好，一举两得，宣传的同时，还是商演，有一定的利润空间。”

“但是，这个赞助不好拉啊。”

蒲公英当然知道，要让别人心甘情愿地从口袋里掏钱是一件多么难的事情。不过，市场是抢来的，不是等来的。

“研究一下，我们这个平台适合为哪些类型的企业做形象推广，我们的观众都是优质客户。这样的宣传机会很难得。广告商会看中这个优势。”

“服装业、投资理财类、信息技术类？”

蒲公英和蝴蝶，最终研究形成了《解放》舞台剧营销推广方案。

接下来，就要争取各级领导的支持了。正常的程序应该是，领导同意了，广告商支持了，才能够签合同。这回，蒲公英唱反调了。她有种预感，若先汇报，这事可能就黄了。放自己于绝境之中，不留后路。绝处逢生，那也是历经万险之后的美丽风景。

当蒲公英将这份策划方案，交到上级领导跟前时，她第一次知道了，做生意与讲政治是分不开的。

领导认真地看了看方案说：“这个策划，如果放在前几年做，很好，但当前不合适，不要做了。”

“啊？啊？”

蒲公英当时就傻了。

“是的。”

一切都在有序进行中，这个时候项目被淘汰掉，前面的功夫白费不说，投资款肯定泡汤了，因为合同已经签过了，毁约是要负法律责任的。

“可是合同已经签订了，若毁约，要付出代价的。”蒲公英根本顾及不了那么多，将自己的思路一股脑地汇报完毕。

说完后，发现自己手心里都是汗。这可是先斩后奏！可是不这样做，项目的成活概率就为零。

听完蒲公英的想法，领导的态度慢慢地缓和下来，问道：“有没有其他变通的方式？”

“有，对博艺传媒的投资方不做宣传，就能够消除您所说的影响，其他广告商应该没有问题，我们去做工作。”

最终，项目保留下来了，并如期进行。

在蒲公英与蝴蝶的努力下，还拉来了5家广告赞助，成本保住后还有些许盈利。

9月18日的演出，95%以上的上座率，给了蒲公英极大的安慰，她那颗疲惫的心终于放下了。

日后，每每听到客户感叹地说："博艺传媒，张继刚的演出，不错！"蒲公英的心情都是难以言表的。

其实，《解放》的演出成功，给博艺传媒带来的影响是持久的，它展示的是博艺传媒的运作能力，以及市场掌控能力。通过这个平台，很多客户了解了博艺传媒，并建立起长效的合作机制。

第十三章
要做免检产品

经营企业有三重境界，一是等市场，坐等客户上门，做好服务；二是抢市场，主动出击，用心服务；最高境界就是做市场了，潜心研究客户需求，做好免检产品，主动送给客户，这样的供应商自然受欢迎。

“什么叫优质的产品和服务？”

一次优质产品分析研讨会上，蒲公英问道。

“客户满意的产品和服务。”

“专业度符合标准的。”

“超值服务。”

“产品和服务都免检的。”

……

“要做免检产品！说得好！优质的产品和服务，会给客户带来价值，会给企业带来价值。长期的优质产品和服务，会给彼此建立起非常宝贵的信任关系。因此，我们做事情，要坚持一句话，要么不做，要做就做最好。”

要么不做，要做就做最好！一直以来，都是蒲公英的做事标准。如今，她按照这个标准管理企业，要求她的团队都要按照这个标准去做事。

“每个人对自己负责，就是对他人负责，每个人都做最好的自己，企业就能提供最好的产品和服务。”

蒲公英要求每一位员工，“自己不满意的策划设计案坚决不要传递到下一环节，对于质检不合格的产品绝对不允许递交给客户”。

三天后。

“蒲总，我们已经系统地整理了公司系统的标识产品，并对工作流程进行了全方位的梳理。”刚刚参加标识系统培训的虎子过来汇报。

“不错，这次培训的效果很好嘛，很快进行了有效行动。”

“是的，这次培训，对标识产品系统做了一次全面深入的学习，可以做到系统地掌握标准。”

“很好，还要练就一双火眼金睛，能够发现与标准的偏差。这样，我们就可以提供更好的产品与服务了。另外，接下来，要研究如何批量生产，做到快速抢占市场。”

其实，市场永远在那里，如果没有做好充分的准备，就算时机成熟了，它也不属于你。经营企业有三重境界，一是等市场，坐等客户上门，做好服务；二是抢市场，主动出击，用心服务；最高境界就是做市场了，潜心研究客户需求，做好免检产品，主动送给客户，这样的供应商自然受欢迎。

然而，目前博艺传媒的实力，还没有到“做市场”这个阶段。但经过一段时间的打磨后，已经从“等市场”走向“抢市场”了。敢去抢，也要凭实力的。

这不，通过招投标，博艺传媒获得了南阳、马山两地标识整改项目。

“这一次标识整改项目，公司总部要来验收，时间就一个月。小蒲啊，你们公司有这个实力吗？”

客户似乎有些不放心博艺传媒。

尽管他们了解蒲公英在工作中是个拼命三郎，但博艺传媒毕竟才起步，没有承担急、难、险、重任务的经验，这次验收是不能出一点差错的。

“领导，我们可以，坚决完成任务。如果您不满意，从此以后，我将从您面前消失。”

蒲公英进行了详细汇报，为了这次整改项目，博艺传媒其实早就在做准备了，无论是设计标准的控制，还是施工现场的控制，都做了周密的安排。

“好，那就好好干，按时高质完成任务！”

“您放心吧！”

蒲公英离开了省公司，立即联系艺术总监，“开水，你和虎子、华仔在办公室等我，商量一下标识整改项目的安排”。

回公司的这条路，每当下班高峰期都是非常堵，但是今天，尽管也很堵，可蒲公英的心情一点也不受影响，听着王菲空灵的歌声，放松一下刚刚紧张的心情。今晚，必须做出这两个项目的进度表。

20天的时间非常紧张，要想办法，在保证质量的前提下，将工期提前。蒲公英深知，这个项目意义非同一般，拿到还不叫本事，100%做好才是真功夫，因为它的影响是深远的。

省公司管辖的是17个地市公司、71个县级公司。一旦失败，她不仅失去整个市场，还将无颜面对客户。

“这个项目我总负责，开水负责标准把控，虎子负责前期设计，华仔负责现场施工，两地计划交错安排，同时完成。”蒲公英将详细的时间节点安排表递给大家分析讨论，圈圈点点间，已是深夜。

临近中秋，窗外月光如水。

待所有的方案全部定稿，他们才踏着月色各自回去。一路上，秋风徐徐，丝丝凉意侵入肌肤，有些凉爽的感觉。

第二天，蒲公英就带领团队赶去马山的项目现场。

2个小时后，到达马山。蒲公英立即和该项目主管部门的负责人接洽。

简单的介绍后，蒲公英带领她的团队立即进入工作状态，查看生产、营销、办公等几个场地，逐一找出整改点，拍摄照片，等到所有现场看完，已是晚上7时。

“蒲总，辛苦一天，晚上就留在这边，一起吃个饭。”客户的盛情挽留，让蒲公英很感动。但是，他们必须与时间赛跑。

“真的很感谢。但是，今晚得赶回公司，设计师要用两天时间做出整改方案。”

三天后，设计稿通过验收。

一周后，产品制作完成。

但是，中间出现了一点小状况。一只标识球表面有些坑坑洼洼，不够光滑。华仔仔细查看后，分析原因应该是为了赶时间，油漆未干就包装了。

“这个产品肯定不能运到现场安装，得想办法马上解决。”

“只能重新返回厂家做漆。”

“至少三天时间，但工期等不了！”

“如何在最短的时间内解决问题？”

蒲公英安排大家立即联系合作过的标识供应商，咨询解决的办法。

“有办法了，让厂家立即快递油漆，今晚到达，明天一早请做漆专家，清除损坏部分，重新做漆，电风扇吹风晾干。”最终找到了解决方案。

一天后，问题圆满解决。

半个月后，所有现场安装完毕。

南阳的工程也是同样如此。

自检结束后，蒲公英邀请客户专家到现场检验整改的效果。“小蒲，没有想到啊，标准把握得不错，材质、工艺也很好。不过，要等到总部验收合格才行啊。”

蒲公英悬着的心终于落下了。这句话，给了团队莫大的鼓励。这份认可与肯定来之不易，无比珍贵。

11月底，总部专家组前来验收检查，博艺传媒的两个项目获得较高分数并通过验收。

从此，博艺传媒的标识产品贴上了免检的标签。

第十四章
关键时不掉链子

作为总经理，懂得用人是关键。要让合适的人在合适的岗位，要让每一位成员都对自己的岗位负起责任。然而，在公司成长期，在重大的项目面前，总经理亲自带头干，效果会不一样。火车跑得快，全靠龙头带。关键时刻，谁都不许掉链子！

2010年11月，公司周例会。

“据说，今年省公司将计划建设三座电动汽车充电站，标识制作的量比较大。而且就在近期，可能要组织招投标工作。这次机会，我们要抓住。”

蒲公英要求设计部、工程部立即组织考察，出台充电站标识制作的最佳方案，包括制作标准与详细流程。

一周后，设计、施工方案出台，但问题也随之而来。

“蒲总，无法解决标识球体制作问题。”方案分析会上，开水焦急地说：“按照标准，这个球体要用吸塑材料制作，但是本地找不到一家像样的制作公司。我们已经联系了5家公司自称可以制作，但送来的样品根本不达标。”

“我们以前使用的球体都是雕刻机雕刻出来的，但这一次要求夜间亮灯，只能用吸塑。”虎子说道。

“南阳市以外的供应商呢？北上广都联系了吗？”蒲公英问道。

“联系了很多家，只做雕刻球体。本土的供应商推荐了上海的一家制作公司，发来的样品同样不能满足标准。”虎子很着急地说。

“招投标工作马上就要开始了，这个关键的技术环节必须在投标前解决。开水，你带着虎子立即赶往上海，就是搜遍整个上海滩也要找到合适的供应商。”

散会后，蒲公英也立即上网搜索，查找吸塑制作公司，打电话了解情况。有好几家都说可以，但一听标准要求，都放弃了。蒲公英打开自己的通讯录，查找所有在上海的朋友，请大家帮忙解决这个难题；就连家中的保姆阿姨也不放过，当得知她的儿子在上海工作后，立即让阿姨联系，请他到网上联系的几家公司实地查看。

功夫不负有心人。这个制作公司还真被蒲公英挖到了，开水和虎子立即带着图纸进行面对面的沟通。这件事，必须有百分百的把握，不能出丝毫差错。

“蒲总，没有问题，这家公司就是专业制作吸塑球体的，已经多次做过同样的产品。”当开水从上海打来电话时，蒲公英一颗悬着的心才放下。

“蒲总，接客户通知，明天一早参加公开招标会。”蝴蝶前来汇报。

“好的，时间真是紧迫啊，幸好问题都已经解决了。标书准备得怎样了？”蒲公英问道。

“这个是标书，内容就绪，有两个问题需要您拍板，一个是报价，另一个是现场汇报人选，客户要求用幻灯片汇报设计的特色与亮点。”

“今天晚上全体加班，完善标书，做汇报的幻灯片。我亲自去汇报。”

蒲公英知道，这个项目属于工程类项目，博艺传媒第一次接触。但是，它是证明公司实力的关键，是公司树立品牌的关键。能不能中标，蒲公英心里还真没底，为此，她还请来一位资深专家进行指导，确保项目方案的严谨，确保项目执行能够落地。

蒲公英认真阅读标书的每一个环节，将设计、技术人员全部召集过来，她必须搞懂关键的节点。因为，介绍环节非常重要，蒲公英具备这方面经验。应该是十年前了，她曾经代表省公司汇报一项管理创新成果，在全国系统范围内获得第一名。

“蒲总，专业技术上你不需要懂，否则你也太累了。”聘请的专家笑着说道。

蒲公英何尝不知道，作为总经理，懂得用人是关键。要让合适的人在合适的岗位，要让每一位成员都对自己的岗位负起责任。然而，在公司成长期，在重大的项目面前，总经理亲自带头干，效果会不一样。火车跑得快，全靠龙头带。关键时刻，谁都不许掉链子！

“蒲总，幻灯片根据您的要求都已经完成了，请审阅。”小城过来汇报。小城是影视专业毕业，非常敬业，特别能吃苦，颇受客户好评。

“非常好，结构清晰，图表丰富。”

一个通宵，所有加班人员没有抱怨，个个精神抖擞。

因为，心中有目标。

全部梳理完毕，已是天亮时分。蒲公英给其他员工放假一个上午，她和蝴蝶要去参加招标会。

介绍环节很顺利。

报价环节，也基本符合蒲公英和大家的分析。

这一次博艺传媒是将品牌建设放在第一位，设计方案、材质方面都是上乘，报价时，基本考虑能够保住成本后稍有盈利。这样的结果就比较戏剧化，另外两家被迫降低造价，三家各得一个项目。时间周期是一个月。

拿到项目招标书后，蒲公英在欢喜之余，感到压力骤增。工程项目，不同于以往的设计、策划之类的业务，出一些差错，大不了重新设计、重新策划，造成的损失也不会很大。做工程，就不是这么简单了。放在第一位的是安全，可以不挣钱，但不能出安全事故，否则一切白搭。其次就是过程管控了，利润的多少关键就要看管理了，特别是流程的优化、用料的管理，都不简单啊，哪一个环节控制不到位，就会直接影响到工程的质量、进度以及造价。

这一个月的时间，对于蒲公英来说有点漫长，安全与质量仿佛两座大山压在她的身上。

不仅如此，还有另外两家竞争对手，蒲公英当然希望能够在这一轮竞争中有个胜算。虽然这两家都是广告业中的老大了，经验丰富，但这并不可怕。就拿做标书来说，博艺传媒的精心准备，还是博得了头彩，评委们一致打出了最高分。在施工环节，博艺传媒尽心尽责的工作态度，自然也会带来精良的工艺，博得客户的口碑。

虽然各级组织机构均成立，每个人都尽职尽责，蒲公英还是每隔几天就要到现场查看，每天下午下班前都要听取安全员、项目经理的汇报。只有一切都在有序进行中，蒲公英方能放心地下班，晚上方能睡个安稳觉。

一个月的时间很快就到了，博艺传媒第一个按照合同约定的时间完工了。

验收的那天下午，夕阳西下，偌大的一个充电站，伫立在那里，蒲公英的心中油然升起一股成就感。

“三家传媒公司中，博艺传媒是我们的本土企业，虽然是一家新公司，中标后我们心里也是没有底，没有想到，他们不仅设计规范，项目管理也很规范，根本不用我们操心。真的很有实力。蒲总，你办事我们放心。”

工程项目的总结会上，业主负责人的一席话，说得蒲公英心里暖暖的。

所有的辛苦付出，在那一刻都是值得的。哪怕就是一分钱利润都没有，也是开心的。这样的机会，不是每个公司都能够遇到的；就算遇到，也不是每个公司都能够把握住的。

博艺传媒，关键时不掉链子。

第十五章
一起成长

这一年来，博艺传媒从小到大，从弱到强，从无人知晓到小有名气。这些变化，离不开博艺传媒全体员工的努力，更离不开博艺传媒带头人蒲总的辛苦付出。我们见证了博艺传媒的长大，更见证了蒲总以及你们每一位小伙伴的成长。

2011年1月18日下午，博艺传媒年度“一起成长”主题年会盛大开幕。

“2010年，公司实现产值1050万元，超额完成年初的计划利润指标！”

整个会场，响起雷鸣般的掌声。

“这些成绩的取得，离不开各级领导的殷切关心与大力支持，更离不开博艺传媒全体员工的团结拼搏与努力奋斗！”

蒲公英带领全体小伙伴认真总结过去、谋划未来，颁发了关于机构重组、人事任命、业绩考核、流程优化、关键环节控制等系列文件。

在谈到过去的成绩与不足时，蒲公英几度哽咽。很多时候，特别是面对困难时，蒲公英就是一枚女汉子，但内心深处，她还是一个充满感性的小女子。

“这一年，大家跟着我，吃了不少苦，受了不少累，但也收获了很多，我们和企业一起成长。”

会上，小伙伴的眼睛都湿润了。大家感叹、回味几百个日子以来，多少个不眠之夜，多少回委屈的泪水，多少辛苦的付出，多少收获后的快乐……

每当很累的时候，蒲公英也会想带着大家歇一下，可是，经营企业有时候就像上了流水线，根本停不下来，只有勇往直前。

会上，上级领导是这样评价博艺传媒团队的。

“当初，蒲总认为500万的产值不可能实现，可是，只有想不到，没有做不到。最终，你们递交了一份满意的答卷。”

“这一年来，博艺传媒从小到大，从弱到强，从无人知晓到小有名气。这些变化，离不开博艺传媒全体员工的努力，更离不开博艺传媒带头人蒲总的辛苦付出。我们见证了博艺传媒的长大，更见证了蒲总以及你们每一位小伙伴的成长。我们向博艺传媒全体员工祝贺，同时也祝愿博艺传媒2011年会更好！”

紧接着，是一场特别策划的颁奖典礼，那情形有点类似央视的《感动中国》。

博艺传媒的每一位小伙伴走进银幕，成为主角。他们用朴素的语言、真挚的情感，讲述自己的收获与愿望。

当进行到“总经理特别奖”颁奖环节时，无论是获奖者还是台下的伙伴们，都被深深感动。

当博艺传媒主题曲《一起成长》旋律响起，会场上，掌声雷动，泪水纷飞。

每一天 我们都有同样的梦想

每一天 我们有一样灿烂的阳光

我知道 世界会看见我们的梦想

让我们 一起成长

风雨中 充满我们前进的力量

暮霭中 指引我们奋斗的方向

我知道 只要努力就有多彩希望

让我们 一起成长

我终于看到所有梦想都开花

追逐梦想的歌声多嘹亮

我终于翱翔 再没什么能阻挡

心在飞 成功是最美愿望

风雨中 充满我们前进的力量

暮霭中 指引我们奋斗的方向

我知道 只要努力就有多彩希望

让我们 一起成长

我终于看到所有梦想都开花

追逐梦想的歌声多嘹亮

我终于翱翔 再没什么能阻挡

心在飞 成功是最美愿望

心中的梦想 会让信念更坚强

只要有梦 我们就能飞翔

（附“总经理特别奖”颁奖词）

总经理颁奖词
特别爱心奖：汪大姐

颁奖词：六十多岁的年龄，三十多岁的精力。本该退休在家过着轻松小日子的她，就是凭着一股子对公司、对工作的热爱来到了现如今的岗位。不向年龄低头的她，硬是在一群年轻人里开创了属于自己的一片天地。她把公司当作了自己的家，单位的同事有了什么困难，她总是冲在最前面，第一时间想办法去解决。

六十多岁的她，去年年初时对电脑知识是一窍不通，但如今已经能够熟练操作让人眼花缭乱的Excel表格。这一年，她的多少个日夜是在公司里度过的，与她为伴的只有烦琐的财务数字，但她却把如此烦琐的会计工作，处理得那么井井有条。记得有一位同事这样评价她："做事非常严谨，对每个数字都特别的苛求。"这就是她，我们的——汪大姐，汪会计！

总经理赠言：在您的眼中，企业就是您的家，我们都是您的亲人。您用一点一滴的爱呵护这个家，关爱家里的每一位亲人。我代表公司所有员工感谢您的真情付出。

特别信心奖：蝴蝶

风风火火，干净利落。这是所有认识她的人给她的最多的评价，独挑一个部门大梁的她总是面带笑容，她在任何单子面前从不言败，无论什么样的困难她总是一一克服，很少抱怨。

来到这个岗位之前，她从未做过一天的活动策划，但是，接到这个工作之后，她却做得有声有色，顺风顺水。我们看到的往往是她一次又一次成功办完每一场活动，却很少注意她背后的努力。她的背后，有着我们看不到的艰难，她的认真，她的专注，她思考问题的全面，造就了她现在的成绩，她就是——活动策划部经理蝴蝶！

总经理赠言：在你的眼中，没有做不好的工作。一年来，迎接了一个又一个挑战，但也一次又一次地享受到工作带来的快乐。新的一年里，继续快乐工作，微笑生活，做一个优雅美丽的女子。

特别细心奖：荣子

热情、周到、待人诚恳，不经意间的细心总是让人倍感温暖。每位同事第一次见到她都是这么说。她是整个公司里，和最多部门打交道的主管，她也是整个公司里最细心的主管。她在公司负责客户服务、负责每个项目的跟进，同时她还是公司的“后勤部长”，琐碎的工作容不得她出半点的差错，再麻烦的事情，也磨不去她温和的脾性。至少，每个部门，每位同事都很难在她身上找到一个“不”字，她的细心，我们有目共睹，她就是——办公室主任荣子！

总经理赠言：无论是客户经理还是办公室主任，你的工作最琐碎，也做得最细致。一年来，付出了很多，成长了许多，但也受了不少委屈。在这里说一声：后勤部长，好样的！

特别专心奖：华仔

很难想象，他在短短的一年里就完成了工作角色的转变，从一名送货司机到装饰工程部经理。也很难想象，之前的他甚至连网都不会上，就更别说要使用复杂的电脑软件绘图、制图，但是他，不抛弃、不放弃，硬是一块块的把这些难啃的骨头一一搞定。

他的工作之余，还有一大爱好，那就是转建材市场，他总能整合出最适合公司的材料信息，也最会为公司大幅降低成本。特别能钻研的他，做到了干一行，爱一行，钻一行，专一行，他就是——工程部经理华仔！

总经理赠言：一分耕耘一份收获。从送货岗位到装饰工程部门经理，你的付出实在太多太多。你对专业的那种钻劲，对工作的那种责任，让所有人折服。2011年，要学会休息，保重身体。

特别放心奖：虎子

肩上永远背着个大包，包里备齐了工作时所需要的所有工具：电脑、卷尺、笔记本、计算机，用手掂量下，足有十多斤重。当问及他为什么每天要带着这些东西形影不离时，他只说了句："带上它们可以备不时之需，都习惯了。"

他的工作性质，注定了他要没日没夜地赶进度，在他的概念里，没有白天，也没有晚上，只有手头的工作是否按节点完成。他的所有客户给他的评价只有一个简短的词语，那就是"非常好"，也正是因为他对于工作的无限上心，使得他服务过的客户在下次业务往来时，点名只要他来做。记得一位同事曾经说过，只要跟他一起合作，就会特别的放心，不用过多的吩咐，结果总是百分百。他就是——设计部经理虎子！

总经理赠言：任何事情只要交给你，我就放心了。你不是在工作，是在做事业。每当看到你通宵达旦在办公室加班，我真的感到愧疚；每当客户点名让你服务时，我又暗自窃喜。等了一个月，把你挖过来，赚大了。小伙子，好好干，前途是光明的，虽然道路是曲折的。

特别舒心奖：小城

在他的行事风格里，“让客户满意”绝对是最大的主导，而这个理念也一直贯穿于他工作中的方方面面。为了让客户满意，他可以没日没夜地修改一部作品；为了让客户满意，他可以三天三夜不归家；为了让客户满意，他可以记不得扒一口饭。正是他的这份执着，他的这份坚持，他的这份认真，才创下了一个部门一年完成五十多部专题片的佳绩。

他的辛苦，甚至连他的客户都会看在眼里、记在心间。客户最常给他说的话是：不要太辛苦，要记得休息，片子你们慢慢做。但他都把客户的这些话当成工作中最大的动力，加倍地做好服务，客户很少在他最终完成的片子面前说一个不字。在他的眼里，他的团队是他最大的支撑，团队中的每一个人他都当作自己的朋友一样来呵护，他就是——影视部经理小城！

总经理赠言：你不仅自己做事，还带出一帮兄弟姐妹。你不仅让领导放心，还让客户舒心。2010年，你的收获最大，那种付出带来的成就感是无法用言语描述的。恭喜你即将升级为爸爸，祝愿你家兔宝宝健康可爱！

特别团队奖：图文制作部

他们不是一个人，他们是一个团队。他们并不年轻，且绝大多数都是家庭主妇，有着上有老下有小的生活重压。他们大多都是半路出家：不会打字，就一点一点地学；不会复印，就半点半点地摸。功夫永远不负有心人，现如今的他们，已然成为工作上的多面手。

他们不光有着中年人的稳重，还有着年轻人的拼劲。他们对工作，不抱怨、不埋怨、不消极、不怠工，他们对生活，乐观、向上、积极、进取。

是观念的转变，让他们为了工作，可以24小时随时待命；也是观念的转变，让他们部门的产值如同坐上了云霄飞车，几乎是清一色娘子军的他们为我们缔造了太多的传奇，也留给我们太多的感动，他们就是——公司

图文制作部的全体同仁们！

总经理赠言：这是一个很给力的团队，每一位都在成长。从服务意识到服务行为，都发生了很大的变化。2011年，对你们部门做了调整，希望在新领导的带领下，会有更大的进步。祝愿你们的笑声永远那么响亮！

第十六章
花开在眼前

2012年8月，因企业改制，蒲公英在博艺传媒的创业使命结束。

这个晚上，蒲公英做了一个梦。

梦中，她在宽广的草原上奔跑，当耳畔那首熟悉的旋律《花开在眼前》响起，一阵风过，身旁一大片一大片竞相盛开的蒲公英，在飞舞……

花开在眼前
已经开了很多很多遍
每次我总是泪流满面
像一个不解风情的少年

花开在眼前
我们一起走过了从前
每次我总是写下诗篇
让大风唱出莫名的思念

不知道爱你在哪一点
不知道爱你从哪一年
不知道爱你是谁的诺言
不知道爱你有没有变
只知道花开在眼前
只知道年年岁岁 岁岁年年
我痴恋着你被岁月 追逐的容颜

有些东西，时光是带不走的

有些东西，时光是带不走的

我可能就是这么矫情的一个人。写下这个标题时，我就这么认为了。不过，确实找不到更合适的文字，来描述此刻的状态了。

也许是因为又一同事的离职吧，莫名地有些小小的感触。其实，我还是很喜欢这个小小的办公环境。房间朝南，光线甚好。特别是寒冷的冬日，阳光洒在靠窗的沙发上，我就窝在那里，有一种被幸福包围的感觉。生命之美，总在不经意间。

不过，现已初夏。打开窗户，凉爽的风吹过，感觉却是那般的不同。眼下，满目的绿和点缀其间的各色红、粉、紫，煞是好看。但到冬季，这些色彩却消失殆尽。

好在，大自然周而复始。野火烧不尽，春风吹又生。

只是人生，没有轮回。下辈子，也许是那盛开的花或青葱的草或那什么什么的小动物，即便投胎成人，再也不会是原来的那个自己了。

万物生命如此短暂。若不怒放，岂止是辜负了一遭旅程？这是一个多么撩人的话题。年近不惑，还有这样的思考，是不是有些晚了？或许，也只有这个年纪，才会有这般感悟。

其实，我也只是在想，忍不住地想。却不曾迈开步子。仿佛两年前参加过的那场百米赛跑，我是那么地想冲刺，告诉自己“加油！加油！”可是，双腿却很不听话，仿佛刹那之间变得如此沉重，怎么也快不起来。可是，二十年前，我却能像箭一般地飞过去。时光到底带走了什么？

那一天，和一朋友聊天，说起我很想成为的那种女子，其实是这样子的，简单得只有家，单纯得只有爱，相夫教子，拥有自己。闲暇时分，优雅地茗茶闻香，读书识字，生命的某种意义仿佛就在那里。

如此远离尘嚣，甚是惹人爱怜。只是，这一切或许仅仅是幻影或梦想罢了。这样也好。那若是我，未必快乐。原本，我就是这么世俗的一个人呢。喜欢做事，喜欢做事后被认可，喜欢认可后被夸赞，喜欢夸赞后更投入地做事。如此轮回，生生不息，怒放不已。其实，有些东西，时光是带不走的。

朋友笑我，如此世俗，只能世俗。正如王蒙《青春万岁》的诗行：

纷纷的心愿迷离
像春天的雨
我们有时间，有力量，有燃烧的信念
我们渴望生活，渴望在天上飞
是单纯的日子，也是多变的日子
浩大的世界，样样叫我们好奇
从来都兴高采烈，从来不淡漠……

也许，生命的某种意义就在这里呢。就像那姹紫嫣红，在怒放中凋零。

（写到这里，方才想起今天是5月4日。仅以此文纪念这个青年节。）

2015年5月

那一年 不惑

怎么这么快就四十了呢？尽管不愿相信，可时间确实不知疲倦地走过了这么多年。

都说四十不惑，可怎么依旧一如当初，相信梦想和一切美好的事物？甚至孩子气地，有些执拗，有时做不到或放不下呢？

有一点倒是有些变化，即便做不到抑或放不下，仿佛都不再那么任性了，而是顺其自然。

惑与不惑？生活或许应该走走停停。

就让时光停留，甚至往回倒一些，再倒一些。

（一）

童年的记忆，总是充满趣味与期待。

那是一个山清水秀的地方。

瓦蓝的天空，清沏的河水，秀美的山峦。太阳那么高远，月亮和星星总是相伴在一起。

田里有金黄的稻谷，地里有碧绿的菜肴，山里的毛栗子树丛中还躲藏着野兔与黄鼠狼呢。

树上的鸟儿在欢快地歌唱，家门口的小笨猪沉浸在美梦中，一群又一群的鸡鸭鹅，优哉游哉地寻找着美食……

上山打柴，下河捞鱼，牵牛、赶鸭，放鹅、喂猪，树上捕蝉，墙洞里捉蜜蜂……儿时的“节目”一定是那么丰富那么多彩。

没有农药残留，没有抗生素污染，没有雾霾，一切都是那么自然、自由、自在。

那些好看的小画书，总是藏在板凳上的一叠小学课本里，趁着家长不在眼前，偷偷地赶紧地翻几页再翻几页，舍不得放下。家长一来，立即以迅雷不及掩耳之势藏起来，然后再装模作样地写字了。只是，那眼神却藏不住秘密。“这什么？这小子！赶紧做作业。”

夏天的夜晚，是宁静的，更是热闹的。

小姑娘们和萤火虫偷偷地说说悄悄话，脸上洋溢着纯真的笑容。隔壁的大妈，常常讲一些狐妖的故事，吓得孩子们紧紧地挤在一起，不敢回家。外出打工的大叔，眉飞色舞地描述着城里的生活——楼上楼下电灯电话和永远也玩不够的玩具。末了总会来一句:“怎么样?羡慕吧,好好读书,做个吃‘皇粮’的。”

家里就有一个吃“皇粮”的。那是远在首都北京工作的伯父。伯父是整个家族的骄傲,毕业于清华大学。每当父亲说起他,那神情,多自豪啊。就我这屁孩,也不禁油然而生出崇敬之情,心中暗暗地想,要是我也能进这所大学读书,该有多好啊!

呵呵,那个时候,多么神往外面的世界。期待着,通过努力读书,有一天,可以走出去,走得远一点,远一点,再远一点……

(二)

那个秋天的早晨,天还蒙蒙亮。妈妈就叫醒了我。

一顿丰盛的早餐后,爸爸就要送我去省城读书了。妈妈送到村口,一直凝望,直至我和爸爸的背影在晨曦中渐渐模糊得再也看不清……

这个别离的画面,后来重复过很多次,深深地定格在记忆里。随着岁月的流逝,却越发清晰、宁静。

那一年,十六岁,人生最美的季节。第一次离开家乡,外出读中专。中专，那个年代特有的名词。一般情况下，只有县里前几名的学生才可以考取的。高中的分数线是要低于中专的。可见，我那时成绩还是不错的。

记得是坐了半晌午的车，才来到传说中的省城。尽管如今，却是不到二个小时的车程。

一切都是新鲜的。

楼房那么高，马路上车辆那么多，公交车里那么拥挤，找一个站的位置都要很费一番功夫。美丽的校园里，一群热情热心的学长学姐们，为我们这些新同学，认真地介绍着多姿多彩的学校生活。

慢慢地，起初的不适应，很快被好奇、兴奋、融入所替代。一个乡村女孩的梦想，开始在这座校园里生根、发芽，一点一点地长大。

日子开始忙碌起来。

每一天都有很多的课本要学，很多的校园活动要参加，图书馆里的书架一排又一排……扎着马尾辫的学姐，笑起来多甜美，她是那么有耐心，推荐了一本又一本的书籍，仿佛打开的是一个又一个神秘的世界，畅游其中，乐享其中……

那一篇稚嫩的文稿，在校广播里播出，别提有多兴奋；后来有幸加入校广播站，成为一名编辑，学习用文字书写青春。

那一次参加学生会干部竞选，别提有多紧张；后来成为宣传部部长，懂得有些事情需要努力争取。

那一次上街丢了钱包，一个月的生活费就没有了，别提有多伤心；不想告诉爸妈，就和闺蜜一起，从城隍庙批发漂亮的小包包，专门卖给同学们，居然挣够了生活费，还多出一些。一高兴，吃了顿糖醋排骨，那美味，用怎样的文字可以描述？

当然，说到吃，印象最深刻的，要数隔壁学校门口的小面馆，每一次室友生日，我们全体女生都会一起过去，每人一碗青菜面，那可能是我有生以来吃过最好吃的面条了。还有学校门口的麻辣年糕和海带，傍晚时分，来上一串，那滋味，多少年过去了，想忘也忘不了。

每逢月中，爸爸的书信总会如期而至，书信里总会有妈妈的叮嘱“不要苦了自己”，伴随而来的还有每月的生活费和一些生活必需品。

记忆中，每一次回到家，妈妈都会做满满一桌子好吃的，还一个劲地往我碗里夹菜，似乎要把那一学期的苦都要补回来。

那时就在想，快点毕业吧，寻一份好工作，也为爸爸妈妈精心做一顿好吃的……

（三）

那个色彩斑斓的夏季，一切都是那般的美好。

恋爱了，毕业了，留在省城工作了。

当时，中专毕业都包分配，这要比如今“毕业意味失业”的孩子们要幸福许多。分到哪里都用一张派遣证，就那薄薄的一页纸。记得拿到它的瞬间，反复瞅了好多遍，甚至不敢折叠，生怕弄坏了。那种兴奋、迷茫、希冀的情绪，交织在一起……这种情绪仿佛似曾相识，四年前拿到中专录取通知书时何尝不是如此？

其实，人生就是一个又一个的轮回，处在不同的阶段，遇见不同的人和事，有些时候感触却惊人地相同。可能，就是这样，在一次又一次不同又相同的情愫中，不知不觉地长大吧。

那年二十岁，踏入社会，开始工作，学会独立。

最初的岗位三班倒，大小夜班和白班。青春年少，精力充沛。工作之余，一边学习，不停地参加各类专业知识竞赛和一级一级地考文凭；一边忙着恋爱、结婚，得空再写点风花雪月的文字，生活处处洒满阳光。

后来，调到公司机关工作，是在一次全国性的专业知识竞赛后。

那次大赛，前后历时两月有余，不仅收获专业的提升，更大的收获在于内心的成长。第一次发现，赛场上卧虎藏龙，高手如云，感觉自己是多么的微不足道；第一次体会，努力与差距真的成反比，感叹以前浪费了多少光阴；第一次萌发，赛后安下心来，苦练专业，做个技能型人才的决心与梦想。

当然，那次成绩蛮不错的。就在今天，也想为合作的小伙伴们鼓鼓掌；也要为那个善于总结、敢于面对的怀揣初心的自己，点个赞呢。

不过，这个决心与梦想，仅仅坚持了很短的一段时间，就被组织安排到机关的管理岗位。

接到通知的那一天，我正在变电站的值班室值班。“真的吗？真的吗？”我确实不敢相信，因为从基层到机关可谓困难重重，尤其是在这个大学生漫天飞的时代，我这个当年的小小中专生早已风光不再。

可能生活一贯如此吧，之前很想改变的环境，却苦于找不到出口，当你倾心爱上它时，最初的愿望却又要实现了，只能选择不得不放下当下。这正应了那句话，“山重水复疑无路，柳岸花明又一村。”

新岗位不用上夜班了，不用在万籁俱寂的夜晚，与那些可爱的设备相互陪伴了。日子开始变得特别有规律，该吃时吃，该睡时睡，值夜班时落下的失眠症，竟然毫无征兆地好了。

从技术到管理，工作的性质与内容大不相同。好在年轻，学什么都很快。适应与做好自然不会有问题，主管的工作如果排名，几乎都是靠前的吧。

就这样，大约过了五年的光阴。真要好好感谢这些光阴，感谢我遇到的领导与同事，他将一个超级感性的小女生，锻炼成为会思考、善分析、具有理性思维能力的职业女性。

后来，在一次机关岗位双向选择的机会中，从事了喜欢的新闻工作，圆了儿时的记者梦。把爱好当工作，有多少草根可以如此幸运呢？不过现在看来，幸运之神，也许只会眷顾那些有准备的人吧。

那是一段忙碌而幸福的时光，值得深深纪念。用文字、用镜头，去记录身边的人和事，去感悟企业的成长和变化。每一天都有收获，感觉真的很美妙。

就这样，不知不觉就到了而立之年，宝贝女儿也出生了，生活丰富得立体而真实。

当时，有感而发的一篇文章《幸福得像花儿一样》，描述了那个时候的工作与生活状态，平实和满满的正能量。

幸福是什么？不同的人会有不同的理解。无论怎样，它是真实的，它源于自身的感受，似乎与外在息息相关却又毫无关联。

（四）

人的一生会有很多次选择，可关键的往往仅有那么几次。

2009年，秋。我做了一个，可能会影响一生的选择。

那一年，35岁。正处在干事业的黄金年龄，精力与经历并存，梦想与激情尚在。

所在公司的一个下属传媒企业招聘职业经理人。那时的我，已经是一名中层管理者了，可经过深思熟虑，还是决定参与竞聘。这个选择，应该与喜欢挑战、不甘平淡的个性有点关系吧。

说心里话，我还真不喜欢这样的个性，很多时候都是不由自主地前行，总给自个儿太大的压力，仿佛总是过负荷，有些累。真的很羡慕那些，简单而优雅的女子，过着相夫教子的生活，平淡中透着浓浓的幸福。所幸，女儿的性格随她爹，随遇而安，真是欢喜啊。

那是生平第三次走向竞聘的舞台。第一次成功竞选当年校学生会宣传部部长；第二次竞聘公司工会办公室主任，以第二名的成绩败北；这一次，经过一系列笔试、面试与考察后，从一名记者站站长走向了传媒公司总经理，从一名职业写手走向一名职业管理者。

这是一个较大的转折，又似乎顺理成章。五年的一线值班经验，五年的基础管理经验，五年的传媒行业经验，对创业又是那么充满激情，是机会在等我？还是我在等待机会？总之，就这样开始了新的征程。

不过，前方有什么？谁也无法预料。只是当时，除了激情似乎一无所有，没有办公室，没有专业团队，没有市场经营经验……幻想中的总经理总是那么耍酷，可现实却如此残酷。

路是自个选择的，即便是万丈深渊，又怎能退缩？更何况那时的我是那么的自尊。哎，哎，哎，没什么大不了的，勇往直前吧。自个儿给自个儿打打气，跌跌撞撞地往前往前，再往前。

就这样，第一个月，找了个移动办公室，客户在哪我在哪，一支笔、一本笔记本就是全部。了解市场，了解客户，了解自己。知己知彼方能百战不殆嘛。

就这样，从交流客户开始，找到了第一笔定单，学会市场营销；从剖析定单开始，找到了一个又一个专业人才，组建职业团队；从带领小团队开始，熟悉业务流程，制定管理规范；从简单的经营开始，找到合适的管理模式……

就这样，一个月，扭亏为盈；六个月，突破五百万；一年突破一千万；两年，突破三千万……

业绩在翻滚，市场在沸腾，员工在马不停蹄……很多人看到的是企业的快速发展，可只有当事人明白个中滋味。

第一次投标失败，一个人躲在办公室里，委屈的泪水止不住地流，默默地告诉自己“今天的失败是为了明天的成功”；第一次被客户肯定，心里像灌了蜜一样甜，高兴得跳起来，欣慰地祈祷“付出终有回报”；第一次承揽新业务，为了保质保量完成工作任务，一个月都没睡一个安稳觉，完成任务的那个晚上睡了个天昏地暗不晓得醒；第一次品尝喝醉的滋味，头痛欲裂……

记不清有多少个这样的第一次，连头带尾大概两年多的时间，这个企业因为改制，就从零开始又回归到零。可对我来说，那段时光，无法忘却。

这应该是个励志的故事，可以有很多章节，很多内容，很多情感，更有很多的收获与失落、喜悦与泪水……

其间，记录了一些点滴，收纳在《一起成长》的文稿中。还尝试着以那段经历为主线，创作小说《花开在眼前》。

（五）

我病了吗？

我该如何描述这样一段时光？写了抹掉，再写再抹掉。

十岁的女儿说：因为你不喜欢它，想把它忘掉。

童言无忌。

事实就是这样。只是我一直不愿面对，更不愿承认罢了。直到今天，勇敢地把它写出来。

道路有起伏，人生有高峰也有低谷。我的人生低谷应该是从那个秋天开始。

公司在拍卖，一起走还是留下？一贯果敢干脆的我，却左右摇摆，历经百转千回，还是在不舍中选择放弃。放弃了几年心血打拼的事业，放弃了对梦想的追求。

尽管后来，走上了新岗位，在一家IT行业里从事市场营销工作。我也试图努力去做好，可总也找不到曾经的那股劲儿。

工作不再那么忙碌，闲暇的时光也似乎多了不少。可我却不知道该如何去做？游泳、羽毛球、烹饪、旅行、摄影……尝试着丰富业余生活，可只要一闲下来，总会想一想，那次若走了，会怎样呢？

这样一种患得患失的情绪，挥之不去。

它仿佛就是那种“求不得，放不下”的人生之悲苦也。

现在回头再看，其实，在那个秋季，我不小心弄丢了自己，生活没有了方向，没有了奋斗的目标。仿佛长夜漫漫，总也到不了天明。

不记得是谁说过的一句话:心中的郁结若长时间不能化解,要么身体出问题,要么精神出问题。它总得找一个出口。

那次体检,让这一切都有了个出口。和自己和平相处两年的一个小结节,需要进行手术治疗。化验结果是恶性。

那一年,三十八岁。生活和我开了个大大的玩笑。仿佛一下子掉进一个深不见底的泥潭中,愈想往上爬,却愈陷愈深……

不过,手术后的那段日子却是安然的,温暖的。家人日夜陪伴,那么多的同事、朋友陆续前来探望,心生感激。

这么年轻,就生了这样的病。估计大家都是这么想吧。

一切已经如此,再怎样也回不去了。恢复健康,生活需要重新开始。我这样子想。

后来,出院,回家。

为了打发大把的时间,开始研究《黄帝内经》以及一本又一本食疗的菜谱。平复心情,调理身体,恢复元气。这成了我生活的新目标。

人生就是一个过程，未来与意外哪个会先来？谁也无法预料。

活在当下。

我算是切身体会了一把。

（六）

这年华青涩逝去，却别有洞天。

每年冬季的这一天，那束绽放的玫瑰，都会如期而至。四十岁的生日，就这样悄无声息地到来。

只叹岁月悠悠。

那个来自大山渴望外面世界的小姑娘，已经成长为知性的小女子；那段憧憬爱情、热爱生活的青春年华，已经浸满柴米油盐的味道；那些坚持梦想不懈追求的光辉岁月，却依旧伫立在那里。

一万多个日子的点点滴滴，成为记忆，定格为美丽的风景。如今，扎着羊角辫的小丫头，不再是我，而是我那可爱的女儿了。

“呵呵，已经和你一般高了。”

是哦，孩子都小大人了。和我穿同样大小的衣服，同样大小的鞋子。她会聊学校里的趣事，时常让我和老公捧腹大笑；我也会跟她说说妈妈的烦恼，小小的她真的是一个不错的听众，还会劝说："妈妈，你笑一笑，哈哈大笑，就会觉得很幸福！"

我真的孩子气地试试，果然像她说的那样，很幸福。原来，幸福就是这样，会传染，会生长。

每天上下班途中，FM92.9里的经典老歌，在车内缓缓流淌，深深地包裹在怀旧、温暖的氛围中，油然而生出浓浓的幸福感。

每天背上双肩包，穿上运动鞋，脚步变得轻盈，踩在大地上，那么踏实、舒适，运动会带来幸福。

每天认真对照菜谱，一步一步地生产出美味佳肴，看着一家子将盘子吃个底朝天，那个时候，我触摸到的幸福是那么的纯粹。

有一天，路过家门口的公园，红的、黄的、绿的，五彩斑斓，意外发现秋天还在那里，依旧那么美。

每次旅行回来，整理照片，发现笑容还可以那么灿烂！感觉真幸福。

……

其实，幸福一直在那里。当你匆匆而过，她便藏而不见。当你慢下脚步，她便曼妙地飘然而至。

其实，幸福还有一个孪生姐妹，叫烦恼。当她来时，内心仿佛不会快乐，不懂欢喜，对未来迷惘、焦虑，甚至疑惑生存的意义。

也许是因为，日子就这样复制再复制，未来可以预见，没有念想，没有波澜。

也许是因为，不识庐山真面目，只缘身在此山中。

也许是病了。只是病痛不在身体，而在灵魂。

也许是矫情。那便矫情一回吧。

在这个四十不惑之年，回首那些燃烧的岁月。

我想我该回到既定的轨道，那里有我想看的风景。

写到这里，似乎可以结束全文了。尽管意犹未尽。

2015年1月

幸福得像花儿一样

夜已经深了。手机的自动关机声提示已经是凌晨了。2007年的第一个凌晨。

还在翻看一本喜欢的书，雪漫的《左耳》。每一次看她的书，都会让时光倒流，仿佛又回到那里，我永远的十七岁。

差不多快要走过两个十七岁了。身边两岁多的宝贝女儿早已熟睡，小脸红扑扑的。好像是在做梦，小小的嘴角还有些笑意。轻轻地拍一拍，宝贝翻了一个身，又睡了。忍不住在她的小脸蛋上亲一口，要是宝贝醒来，她会跟我说，“妈妈，不要有口水”。

这是一个属于我和宝贝的夜晚。老公乘着元旦放假回老家看望老母亲了，因为气温下降，天下小雨，宝贝又晕车，我们便没有同行。这样的夜，对于我来说往往很有些感触，总想写点什么。

想起白天时，收到一远方朋友寄来的贺卡，祝福是很简单的几个字，“幸福得像花儿一样”，感动了很久。我的2006，真的很幸福，像花儿一样。

2006年的最后一天，在一酒店有个会议采访，遇到一服务员问，“你是记者？”笑笑。她又说，“难怪你气质这么好。”给了我一份好心情。

这一年里，从事自己喜欢的记者工作。不仅圆了年少时的梦，还切身体验了累并快乐的真实感觉，品尝了付出就会有收获的幸福滋味。正如王蒙那首《青春万岁》里难忘的诗句：是单纯的日子，也是多变的日子，浩大的世界，样样叫我们好惊奇，从来都兴高采烈，从来不淡漠，眼泪，欢笑，深思，全是第一次……

工作十二年来，在变电所当了6年的值班员，在机关从事了5年的企业管理工作，然而这一年的加班次数远远超过前几年的总和。记者的工作性质让你没有上下班的概念，很少休息过完整的节假日，哪里“热闹”哪里去。这一年里，很少有闲情和老朋友一起逛逛特色服装店，体味淘宝的快乐；很少和老公一起带着宝贝女儿出去兜风，体味一家三口的温情。前不久，一位曾经在一个战壕工作过的朋友跟我说，“每天都看到你忙碌而充实的身影、轻松而愉快的表情”。是呀，说不忙是假的，但说快乐也是真的。

难忘第一次采访，花了好半天的时间来写稿子，还让老师帮忙做题目。那时候才明白，喜欢拨弄文字，并不一定能当好记者。于是，找来厚厚几本公司新闻稿件剪贴簿，一篇一篇地读，一遍一遍地分析、比较。以前看报纸喜欢读副刊的小女子文学，后来更多地关注新闻了。遇有采访，仔细地问认真地写。慢慢地，掌握了一些采访与写作的技巧。不仅写新闻的速度快了，质量也高了。一年下来，自己的剪贴簿也有厚厚的几本，在地市及以上媒体上发表的豆腐干竟有200多篇。每每看着自己的文章变成铅字，真的感到很幸福。

难忘第一次触摸专业摄影、摄像器材时的紧张，生怕一不小心把机器弄坏了，还担心拍摄画面的效果不美，影响采访的效果。为熟练掌握一些常规的拍摄技巧，除了采访现场的实地演练外，一得空就特邀宝贝女儿当“模特”，试验各种拍摄的角度与技巧。那一天，观看宝贝的电子相册，感受宝贝一点一滴变化、一天一天长大的同时，还欣赏到她的pose越来越经典，我的拍摄技术也在不断提高。那种感觉，真的叫幸福。

难忘第一次制作电视新闻，使用编辑机时的慌乱。天生下来就讨厌机械设备，特别是动手操作能力极差，在家时，连一根螺丝都要老公去拧。可是，为了制作出电视新闻，不仅要认识线型编辑机、非编系统、调音台、提示器以及各种接线等，还得熟练掌握它们的性能。当我对照着一点一点整理出来的几十条操作步骤，第一次完整地播出一期《合肥供电动态》新闻时，在编辑室里我兴奋得大声告诉自己“你真棒”。特别是得知第一部电视专题片获得第二届全国电力行业电视作品大赛二等奖时，我落泪了，那是幸福的泪。

今年夏天，自己的手机开通了新闻绿色通道，24小时接受来自媒体、生产一线的新闻热线，每天都要接听几十个电话，握着长时间通话发热的手机，第一次感受到电力备受百姓关注的温度，第一次感受到一线员工炎炎烈日里分不清是汗水还是泪水的别样滋味。营销部的同志笑着说：“新闻绿色通道确实为我们减轻了不少压力。”然而，多少个夜里安顿好宝贝后，悄悄起来写稿、发稿……迎峰度夏结束后，当我和老公一起站在公司表彰大会的领奖台上，真的感到很幸福。我们用奖金给亲爱的宝贝买了一个她喜欢的玩具，还陪她去了一趟野生动物园。用老公的话说，迎峰度夏也有宝贝女儿的一份功劳。

如今，小小的宝贝会用稚嫩的声音说“我的妈妈是记者”“记者要写文章”。每当听到这些，我的内心既充满自豪又满怀愧疚。自从宝贝一周多点，我就没有更多的时间陪伴她。以前每天坚持写的宝贝日记也慢慢地变成周记、月记，甚至几个月都没有空来写一篇。然而，没有更多的时间和父母在一起，倒是锻炼了宝贝很强的适应能力，特别善用“甜言蜜语”麻倒带她的阿姨，小小的她懂得要讨阿姨欢心。每一次见到我准点到家，宝贝一定会迎上来，搂着我的脖子，不停地亲亲我，嘴上还不忘讨好地说：“你真是一个好妈妈。”一天的疲惫，转瞬即逝。

其实，幸福真的很简单。

2007年1月

母亲

想写母亲的感觉，有一阵子了。因为忙或者别的什么原因搁浅至现在。

今天是母亲节，那种想写或者对母亲的感觉又一次袭来，便又坐在电脑前。

母亲是共和国的同龄人。听母亲讲她儿时的故事，感觉很有趣但更多的是很无奈。外婆共养育子女7个，其中5个女孩2个男孩，母亲排行老二。听外婆和大姨说，母亲天资聪颖。无论学什么都很快，是干农活的好手。很小的时候，在生产队里就能够挣不少的工分，换一些稀饭什么的回家给大伙吃。可是，到了上学的年龄，因为要带大舅，母亲没有享受到上学的乐趣，虽然今天的母亲也认识不少的字。按她的话说，那是因为赶上了好时光，看上了大彩电，所以学会了不少新鲜的字。

母亲是指腹为婚嫁给父亲的。我的外公和爷爷同是手艺人，又是好朋友。当外婆和奶奶都挺着大肚子时，母亲和父亲的未来就捆绑在一起了。听村子里的阿姨说，母亲年轻时长得很漂亮，大大的眼睛，长长的睫毛，两根长到腰际的麻花辫，真是当时的小芳。可我和妹妹，谁也没有遗传到母亲的大眼睛，都像父亲长了一双不大但也有神的小眼睛，倒是弟弟沾了光，被称为帅哥。

每每说到这些，母亲总是慈祥地用欣赏父亲的神态和我们说：像父亲好啊，聪明、能干，要不是因为“文化大革命”，你们的父亲早就上了名牌大学，那也就没有你们了，我们这个家可都靠着他呢。

父亲是做木匠活的，在方圆几百里，手艺是非常出色的。因为活太多，总是天不亮就要出发，天黑才到家。母亲总是起得很早为父亲做好早饭，晚上还要单独为他准备晚饭，临睡前，还有给父亲加餐，养成了父亲至今都有睡前吃东西的习惯。

其实，很小的时候，家里的经济状况不好。记得有一次，家里的柴火连一顿饭都煮不熟了，我和弟弟、妹妹赶紧到外面去捡枯枝败叶。但即便这样，母亲还是坚持让三个孩子都上了学。每当夜幕来临时，昏黄的煤油灯下，母亲在一旁添油纳鞋，父亲给我们讲解学习中遇到的难题……这样的画面经常定格在我的脑海中。它不是心酸，是生活赐予我最好的礼物。因为它，我们穿上最漂亮的布鞋，骄傲地感受到来自同龄孩子羡慕的眼神；因为它，我和弟妹拥有了令人羡慕的学习成绩，过上了体面的生活；因为它，我们学会了勤劳和节俭，学会了珍惜与感激，而这些都是我们一辈子享用不尽的财富……

今年过年，我回老家看了看。当我看到熟悉的一切时，不禁又想起以前到外地上学回家时，一声“妈妈”，母亲便兴奋地从小屋的巷子里迎过来，不进家门就开始絮叨，是瘦了还是胖了，学校的生活习惯吗？每每要离开家时，母亲总在路口张望，直到我看见她的身影越来越小，直到她看不见我了似乎还在等待，等待女儿下一次回家……

过去，因为小，无法彻底体会母亲的那份牵挂。去年，我也做了母亲，那种感受越发地真切起来。由于弟弟有了孩子，母亲便顾不过来，只有每隔一阵子来看看，帮我们做做家务。我和老公都说来回跑很是辛苦，但她仍要坚持。其实，我能理解母亲的那份心，那份牵挂，那份爱。

如今，母亲的身影日渐弯曲，头发也日渐花白。我明显感觉到母亲开始老了。她已不再是那个感冒都很少生的母亲了。然而，从母亲带孙儿纯真的笑声中，我感觉母亲更像个孩子。我知道，那是因为有一种爱在支持着她，有一种情在血缘中默默地传递……

去年母亲节的时候，母亲服侍我做月子。一个朋友做一个关于母亲节的节目，送给刚做母亲的我一束鲜花。当我把这束鲜花送给母亲时，我看到母亲眼中有晶莹的泪花……而今年的母亲节，我仅把这篇文章送给我最爱的母亲，祝福她有个幸福的晚年。

2005年5月

婆婆的骄傲

乡下的冬天似乎特别的冷。寒风仿佛穿透鞋子，穿透厚厚的羽绒服，吹得脸上都会有刺骨的痛。

于是，冬天回老家，我和女儿大部分时间都是躲在被窝里。

公公去世得早，婆婆便和二儿子一起住在乡下，任我们怎样劝说，她老人家就是不愿意离开家乡。

因为这个生她养她的地方，有大锅灶，有柴火烧，还有从小的老伙伴，可以自由地到处走走，可以东家长西家短随性地聊聊。

其实，在女儿六个月大的小时候，公公和婆婆还到城里帮我们带孩子。婆婆做家务，公公带孩子，三代同堂，其乐融融。这样的日子，大概有半年多时间吧。后来，公公患病了，再过不久，离我们而去了。婆婆便执意要留在乡下，可能是为了离公公近点吧。

两年前，婆婆八十岁了。身体很多部件磨损得差不多了，尤其是心脑血管。医生说，一遇到寒冷，血管易收缩，会危险。趁着这点，我们的劝说终于有了成果。婆婆答应，每到冬天，就会来到有暖气的房子里，和我们共同生活；清明时节，还是要回到乡下住。

婆婆的到来，生活自然会和以前有所不同。从古至今，婆媳相处是一门学问，更是一个颇有争议的话题。

刚开始的几日，彼此都很客气。再过一些时日，会感到不习惯。婆婆在家，自然不似先前自由了，不能够想咋样就咋样，特别是想发脾气时得学会忍忍，免得老人家多疑；老公本就是个大孝子，更多的时候关注婆婆，对婆婆嘘寒问暖，会感觉自己被冷落了。不过，一个冬季下来，我却越发体会到婆婆的好来。再到一个冬季，我会念叨“婆婆什么时候会来呢？”

婆婆性格温顺，从不大声说话，在家走路也是慢慢的。遇到我们走过来，她会自然地躲开，生怕撞着我们似的。家里来客人了，甚至不愿坐上餐桌。吃饭时，刚开始吃得很少，等大家都吃结束了，她才开始正儿八经地吃剩下的饭菜，生怕别人吃不饱似的。

婆婆很少出门，无欲无求，每天在阳台晒晒太阳，还尽心地帮我照看家里的泰迪狗酷卡。婆婆每天按时吃饭、按时睡觉，日子一天又一天单调地重复着。

这样的性格，估计和她从前童养媳的身份有关吧。我们总是劝说，已经不是旧社会了，可以当家做主人了，条件已经好太多了，你也该过自己想要的生活了。她总会说，“挺好的，挺好的。都习惯了”。

婆婆时常和我们聊起，她那个年代，一觉醒来，能够吃上白米饭，那就是天底下最幸福的事了。每当女儿吃饭总爱剩下那么一点时，我们就会说起这件往事，教育女儿。她便乖乖地将碗里的饭粒舔得干干净净，然后举起碗，问婆婆：“奶奶，可以了吗？这样子？”这个时候婆婆总会连连说：“好，好，这样就好。”

婆婆生活非常自律。年岁大了，牙也没了，吃东西便不方便了。所以饮食上，婆婆就很注意了。硬的不碰，鱼类不碰，肉类很少吃，晚餐清淡，早睡早起，衣少多动。可能，她是担心身体受不了，怕给子女增添负担吧。而这也成就了婆婆的养生之道，还真值得我辈好好学习。

婆婆天性善良，生活节俭。一生宁可委屈自己，也没有和任何人红过脸，闹过别扭。遇见比自己条件差的亲戚，总是想着办法去帮助，我们给她买的日用品，总是舍不得用的，很多时候送给了她认为需要的人。

如今，每每打开衣柜，看到不同风格的各色衣物挤在一起，有的甚至只穿一次，就搁置很久，我便想到婆婆，便愧疚不已。于是，暗暗告诉自己“下次不需要的坚决不买。挣钱不易啊”。可是，每当换季时，这铮铮誓言就跑到九霄云外去了。

婆婆年岁大了，学习能力自然就弱，再加上天生胆小，什么电器产品一概不敢使用。为此，她总是因为自己不会烧饭而愧疚，“哎，要是会烧饭就好了，你们下班回来就吃现成的，出门在外也不用操心我了”。婆婆经常这样念叨，可能还不服老，觉得还要再为子女做点什么吧。

其实，我很享受婆婆在家的日子。出门不用带钥匙，晚上回家，灯火阑珊，很有家的温暖。老公不好意思外出去应酬，在家的日子便多了。小两口偶尔出去看一场电影，也不用担心女儿没人陪。更重要的是，我的饮食习惯清淡，做出的饭菜总有婆婆说好吃。女儿说：“妈妈烧饭，奶奶最捧场，奶奶是妈妈最忠实的粉丝……”呵呵，有粉丝的感觉真好。

每至清明时分，婆婆便执意要回去，我们也顺成她的意愿，因为那里有她的世界。去年年底，女儿大伯前来告诉我，婆婆一回家，见到她的老伙伴们，一个劲地重复着这句话：“小儿子家好啊，一个冬天都不用穿棉袄。”

那神情，多骄傲。

而我，也为婆婆的骄傲而欢心。

2015年2月

咸淡夫妻

家，一个仅有十几个平方方米的小屋，外加一间几个平方米的厨房。地方虽小，温馨甜蜜。

一个平常的日子，我正在厨房忙乎，动作虽不娴熟，倒像那么回事。

“嗨，老婆。”

“回来啦！”听到先生的呼唤，我习惯性地颠着小碎步迎了过去，看到菜篮子里碧绿的青菜旁边躺着一支火红的玫瑰，我一下子搂住先生的脖子，“送给我的？！……”

婚后，男人的浪漫体现在青菜与玫瑰之间。

我和先生苦恋五载，终结连理。那天，先生牵着一袭白纱的我，踏着婚礼进行曲，走向红地毯，胸前一束玫瑰绽放，感觉依稀在眼前。夜里，先生问：“后悔吗？没有豪华的轿车接迎，没有舒适的住房。”我摇摇头：“有爱的地方，便有幸福的家。”

与同龄人相比，先生特有一种成熟，分外懂得珍惜生活。这源于他的农村生活和不平凡的经历。

他总爱活跃于篮球场，传球、投球、带球过人……矫健的身影赢得我阵阵掌声。这个时候，他说我像个小尾巴。

他也爱静静地坐在窗前的藤椅上，沉浸在书中。这个时候，我便悄悄地搬来一个小板凳，极乖巧地坐在他的身旁——陪先生读书。他会不知觉地拨弄我的长发。

先生擅烹饪，每当一道道美味佳肴从他手中流淌出来，他总要绘声绘色地描绘每道菜的来历，说是最后一道调味品……

每每下夜班时，先生骑着单车来了，说是“迎接公主回宫”，一路上，笑看都市风情。

……

先生总让我感到生活的多彩和生命中最美丽的部分。鼓励我在书籍中寻找充实，在运动中感受快乐，在努力工作中品尝付出带来的欢欣。

在先生的呵护下，我快乐地享受每一天，朋友说我们总不温不火，又浪漫有余。

咸淡夫妻

日子，就像先生烧出来的菜，不咸不淡，有滋有味。

1999年10月

遇见你在最美的年华

那一场毕业季，你说："终于可以像大人一样地恋爱了！"不用一前一后假装不认识，不用行走在大街上假装看不见，不用想牵手却羞涩得手心都是汗……那一年我们二十岁，不懂爱，却恋了。

一种相思，两处闲愁。

毕业后，你去了南方一座小城，我却留在相识的那个地方。距离没让我们分开，却是情感的催化剂。那个时候，没有网络，没有手机，甚至打长途电话还得去电信局排长长的队，唯一寄托思念的便是每周几次读书信的美妙时光。那些年，我们不仅恋了，还深深地爱了。

那个冬季，却是如此般的温暖。

你牵我的手，走过长长的红毯，来到那个仅仅属于我俩的舞台中央，一句"我愿意"，让时光瞬间静止，一千多个日夜的相思化作幸福的音符，弹奏出令人动容的乐章。

婚姻真的是水到渠成，只为爱。

不久，你来到我的城市，再也不用品尝别离苦了。日子是那般美妙，即使当年琼瑶小说里的爱情故事似乎也不及我们甜蜜。多少个上夜班的晚上，你骑着自行车，载着我，迎着风，一路说着笑着唱着……哪里有你哪里就会有我。朋友说："你老婆就是一跟屁虫，特黏人。"你却傻傻地笑，告诉我："就黏了，让你黏一辈子也是幸福的。"

后来，我们有了宝贝女儿。长得像你，特别是与世无争的率真的个性。我真是开心得不得了，我就不喜欢自己太投入太追求完美的个性。你却说："投入也好啊！这辈子想干什么都可以，和我在一起，你仍然有自己。"于是，家里面，只有一个家长，两个孩子。

……

岁月总是在不经意间轮回着。拒绝长大的我，如今已过不惑之年。望着已经同我一般高的女儿，和越发帅气成熟的老公，我真的感谢上苍，在那最美的年华遇见你。

2015年2月

我们终于可以姐妹淘了

初夏的清晨，阳光温润。洒在大地上，映衬出路旁的小草和野花是如此般的娇柔。

有一些日子了，我们就是这样子。手拉着手，踏着朝阳，步行到你的学校。大约二十分钟的路程，我们神聊胡侃，我们听ABC、唱哆啦咪，我们轮流背书包，我们甚至为一件小事吵得不可开交……

这样的时光，对于我来说是多么的美好。

“哇，我比你高了。”一个早晨，你指着阳光里我们的背影，跟我说。于是，我们都停下来，认真地比划一下。仿佛确实如此，你好像高出我那么一丁点了。呵呵，你似乎不好意思地抢走了书包。我却兴高采烈地来了那么一句，“我们终于可以姐妹淘了”。

这样的一句话，对于我来说是多么的开心呢。

十一年前，你还在我的肚子里，却那么娇弱。因为我体质不好，几乎有大半年的时间，是躺在床上。远离电脑、手机、电视，听广播、看书、想象着你的模样，几乎是我的全部娱乐。我的世界，仿佛单纯得只有你，也只为你。“这将是你人生中，最幸福的一段时光。”老公为数不多的预言，总是那么的精准。

十个月后，你如期而至。因为脐带有点绕脖子，医生建议剖腹产。那是怎样的体验？生生地将你我分离。“会有那么一点点难受，但很快，可以忍受。”……“哇哇哇哇……”，瞬间，你以嘹亮的歌喉宣告你的到来。从此，我和老公多了一个新身份。

有你在身旁，日子似乎过得很快。

每一天，你很认真地哭、笑、喝奶、拉尿，你不断以不同的变化来记录这些属于我们的幸福体验。比如说，会翻身打滚了，会喊爸爸妈妈了，会摸着墙脚走路了……每一次，我们都欢呼雀跃。当然，你也以折腾到底的精神，和初为父母的我们“战斗不已”。百日之内，你日夜颠倒，一到晚上，精神倍好，可苦了我和你爹。那个时候，我是头沾到枕头就能睡着。后来，有一段时间，每晚七点，你准时“广播”，大哭半小时后准时结束，然后累到睡着，而且一定是在大人身上睡觉，一放床上立即醒来。

上班后，你是由阿姨照看。每到下班时分，我总是箭一般地往回赶。若是在小区遇见，便欣喜不已。倘若没有遇见，便猜测你会在哪？在干啥？心里面总也放不下。每当见到媒体上的不良报道，阿姨带走了某个宝贝或者不善待某个宝贝，那个心里是多么痛多么不踏实啊。不过，这种担心确实也是多余。这世上，还是好人多。

就这样，你在一天天地长大，一点点地变化。而我们，也跟着一天天地盼望。盼望着会说话、会走路，盼望着上幼儿园、上小学，盼望着和我一般高，可以穿彼此的衣裙，可以一起臭美。

那段上幼儿园的时光，对于我们来说，是轻松快乐的。你是那么地喜欢集体生活，喜欢小朋友和老师。因为你，我们的朋友圈不断地扩大。至今，你和幼儿园的闺蜜还密切来往，而那个闺蜜的妈妈终究也成为我的闺蜜。生活因你而精彩。

上小学后，你似乎爱上了看书。从此，你的世界更精彩了。你会给我讲历史，和我探讨朱元璋是不是一个好皇帝。你迷上沈石溪的动物小说，在家里不能养些虎、豹之类的猛兽，养些狗狗、蚕、鸟、乌龟总归可以吧，于是我们家热闹非凡。你会玩QQ、微信，也会加我好友，和同学聊天的同时，也找找老妈的乐。每天放学回来，你像一只小鸟叽叽喳喳讲个不停，挖宝藏、找卧底、撕名牌……你的校园生活，和时尚接轨，是如此有趣。

孩子大了，父母老了。真的是这样子吗？为什么我还感觉一如初见你时那个模样？

今天你生日，那个她喊我姐姐、你喊她姐姐、她女儿喊你姐姐的朋友，送给你一只很漂亮的手表。因为太美了，我们俩个争抢不已。结果我们商量了一下，一三五归我，二四六归你。

“那周日呢？是给我戴吗？”朋友问道。

呵呵，那好吧，谁叫你也是姐姐呢。

2015年4月

花儿芬芳 蝴蝶自来

路两旁的花儿已经盛开，红的、黄的、紫的，虽然不是名角，却依然以芬芳，告诉路人春天已经悄然来临。

冬去春来，也仅在刹那间。

约了一个朋友，来你负责的法式咖啡店里谈一些事情。见我进来，你站起身，微笑着要帮我随身携带的水杯加一些水。你是知道的，下午我是不喝咖啡的。

“喏，你的朋友，已来了一会。”

还真没有想到，这一次，我的这个爱迟到的朋友居然早到了一些时辰。我们聊了一会，朋友先离开了。我和你聊起这个小店。聊着聊着，突然有种想写你的冲动，那就开始吧。

我记忆中你的模样，其实还是那个可爱的五六岁的小姑娘吧。

“大姑，你看，是这样吗？”

“嗯，对的，真聪明。”

那应该是个夏天的午后，我正巧回家，你来我家玩耍，于是我就逗你做一个手指游戏，没想到教你一遍就会了。你叫我姑姑，我叫你的外婆姑姑。有点意思吧。

再后来，见到你时，已然是个亭亭玉立的大姑娘了。那一年，你大学毕业，想留在我所在的城市。

“好吧，那你就留在我身边吧。”

当时我所在的公司正起步，需要各类人员。于是，你来了。于是，我有机会看见你一点一点地成长。

从迈出校园的青涩女孩，到公司年会上那个灿烂的主持人，从没有任何经验的新员工，到能够独当一面的项目经理，你的光彩在一点一点地绽放。

又一年，我换了岗位，离开了公司。不久，你来找我，说想辞职去创业。

“好啊！年轻人就该闯闯。只是，要想好了再去做。”

“嗯，想好了。”

于是，你开了一家网店，经营一些小饰品。可能是因为经验不足，运营得并不好。

你便又开始投简历，重新找工作，应聘大学时所学的会计岗位。但毕业后你一直从事的是项目管理工作，没有专业积累，于是屡屡碰壁。其间，你又遇见感情挫折，和相恋的男友分手了。

原本阳光的你，那一阵子，有些低迷，有些困惑，感觉全世界都不待见你。

那个晚上，我看见泪流满面的你。

我跟你说了些什么，真的不记得了。不过，我还记得这一句："好吧，擦干眼泪吧，还得继续上路。"

其实，生活中，有太多的愿与不愿，要与不要，爱与不爱。而这一切，都是成长路上必须有的风景吧。只是你仿佛刚刚开始，就碰到了，所以还不太能接受而已。

后来，我为你推荐了一份新工作。

你很珍惜这次机会，从零开始，用心开始。其间，你还努力学习了一些新技能。直至去年，你负责起这家法式咖啡店。

说起来，你也是毫无开店经验的。只是这一路走来，你似乎成熟了，每天早到一些时辰晚走一些工夫，把那些碗碟刀叉洗得干干净净，把那些桌椅摆件摆放得整整齐齐，跟着店里的法国大厨用心煮咖啡、做甜点……你开始尝试着，从一些不起眼的小事情做起，不再是那个小事不愿做大事又做不来的丫头了。你不仅厨艺见长，为了推广小店，你的摄影与文字水平也是节节攀升；此外，沉睡了有些年头的英语口语变得流利了，甚至开始学习法语了……你似乎自信了，每一天，面对各色客人，应对自如了，尽管有些忙碌，依然发自内心地微笑了。

“哎，以前总觉得，是为别人打工，可是现在，不这样认为了。其实，我们做任何事情都是在为自己积累，最终都是为自己做事。”

听到你这样说，我真是欢喜。

终究你是长大了。

如今，小店在你的精心打理下，越发有模有样了。很多客人慕名而来，也许是为了法式美食，也许是为了浪漫而优雅的氛围，也许是为了你。

因为，花儿芬芳，蝴蝶自来。

2015年3月

一个叫慢漫的小店

（一）

初夏的傍晚，阳光还是有些温热。

漫步在那个有点文艺的街区，一家又一家的小店都是那么的温暖与美好，仿佛有一种魔力吸引我前往。

那一阵子，我有些找不到北，不知道未来在哪里，每个晚上都在设计不同的道路，清晨醒来还是走回原路。朝九晚五，今天重复着昨天。

再加上，一个叫我舅妈、一个叫我姑姑的90后小美女们，希望我这个做长辈的能够给她们搭一平台，奋斗未来。

可能是摩卡的催化，可能是责任与爱心，也可能是这个梦想种在心里面太久了。

“对的，我应该去做这件事情。”

就这样，每个女生梦想中的小店，温暖自己也温暖路人的小店，萌芽了。

（二）

想象中的小店应该是个咖啡馆。

它就那样安静地坐落在某个街角，仿佛在等候某一人，抑或某种心情。

推开木质的门，温暖的装饰诉说着质朴的美，怀旧的音乐让内心可以找到一个地方存放，浓浓的苦咖啡，香气四溢的牛排，三三两两的客人，或聊天，或看书，或发呆……

我，也许在手磨咖啡，也许在静静地欣赏眼前的风景。想象着这一切，都甜蜜得无所适从。

未来是丰满的，现实却很骨感。

团队，门面，装修，菜品，服务，日常管理……我是一个擅长做策划的人，谁去执行呢？两个小姑娘吗？显然在那时还是不够的。

不过，经历了一些事情后，我改变了一些只思考不行动的坏毛病。我相信了，办法会比困难多。更何况，我是幸运的，总会在关键时刻，遇见贵人的。

（三）

“当你决定做一件事情时，上帝都会帮你。”不记得在哪里见过这句话，但无数次的实践证明它是千真万确的。

我是因为什么缘由遇见你的？好像就在那个文艺街区，一款木质的复古长桌深深吸引了我。店主是个热心的“妹纸”，她说是你做的，于是带我去了你的那个书店。

“哇，这里东西，我都喜欢。”那一瞬间，我都开心爆了。

木质的吧台，木质的凳子，木质的画框，木质的书架，还有那些木质的摆件……都是你的手工，连墙上的画，和展示的衣服，也是来自美院学生的手工。

店里只有你和你的夫人。

那一天，我们聊得很欢。我说起未来的小店规划，和那个甚至有些幼稚与可笑的梦想……可能是被我感染了，你们夫妇俩说要帮我，不仅帮我把心中小店真实地做出来，更重要的是，推荐了一个叫菲利普的法国大厨。

我记得，那天，你店里的灯光是那般柔和，你夫人还邀请我喝了一杯，她亲手调制的奶茶，酸酸甜甜的那种，不同以往喝过的任一款。

我叫你陈老师，叫你夫人陈大姐。感谢上帝，让我遇见你们，在那个特别的时刻。

（四）

那天，我还是做了一些功课的。

我那三角猫的英语早就还给老师了，上网查一些可能要用到的句子和单词。比如，“你好，很高兴见到你”“我需要你的帮助”“咖啡店、牛排”等，还讨好地请教小学五年级的女儿，请她陪我认真地演练一番。

因为要见菲利普，这个未来的法国大厨。听说他的中文水平有限，英语、法语、德语都很好。我们的交流会用到英语。

约定时间是9:30，地点就在陈老师店里。大约9：15，我就到了。推开门，就见到一位“憨豆先生”。头顶居然扎着一根小辫子，穿着休闲的衬衫和短裤，五个脚趾头露出的凉鞋，斜肩背着一个小小的帆布包包，正在和陈老师用蹩脚的汉语说着什么呢。

见我来了，陈老师就为我们相互做了介绍。用的是中国话！还没等我反应过来，这个国际友人，就伸出手来和我握手，用那种外国人特有的中国话说：“你毫，你毫！”

而我还是说了一句“Nice to meet you”。

哈哈，第一次见到老非（以下文中，都用这个称呼）就是这样子，是不是蛮有趣的？

为了我们的交流能够顺利进行，陈老师还有心地请了一位英语翻译。所以接下来，我就畅所欲言了，当然用我最擅长的中国话！

当我说到，那个门面房的位置、大小、构造时，老非就从包包里掏出一个牛仔的小布袋，里面有序地插着几支铅笔等。很显然，这是个笔袋，而且一定是用废旧牛仔裤DIY的。后来也证实了这点，他是一个百分百的手工控。

老非很认真地凭他的想象画出小店的模样，并提意大家立刻去现场看看。

就这样，那个小店不再存于心中，而在画中。

（五）

老非决定来做这个事情。着实让我惊喜。

有时候，我会想，他怎么就答应了呢？难道是因为我有超级磁力？哈哈，更加可能的是，为了实现他的人生梦想。

后来听说，老非是为了爱情来到中国的。

他的爱人，当年留法读研，学习电影专业。后来，遇见老菲，哦不，那个时候还是年轻帅气的小菲。再后来，结婚，有了一个混血女儿。在法国生活十年之久，还是绕不过对亲人的思念，和对故土的眷恋，于是老菲陪她回到家乡。

老菲说，他生平最喜欢两种职业，一个是老师，另一个是厨师。真是好为人师啊。一个传播法国文化，一个传播法国美食。于是，他在一所大学教授英、德、法语，如今的他，又多了一个身份“法国大厨”。更重要的是，他很喜欢这个新身份。

一个大学老师，倘若是中国人，多半不会去一个小店当厨师的。从这点来说，老菲要比我们似乎更潇洒一些，更生活化一些，注重内心的感受更多一些。

而我们，或者说我们这个年代的同龄人，往往更多地考虑一些外在的东西，比如说身份、社会地位、收入高低、别人怎么说，等等。于是，有些时候，我们会焦虑，会迷惘，会失去一些快乐。

其实，生活很简单。

（六）

世界上很多事情总是如此。仿佛不经意，却又那么顺理成章。

我们的小团队，也就这样组成了。

老菲夫妇，他的夫人张导，一个颇有才华的美女导演，她的加入，让小店多了一层文艺的光环；两个小美女，甜甜和欣欣，一个安静、爱厨房，一个活泼、爱交朋友。还有装修事宜，一并交给陈老师夫妇了。

那些筹备的日子，是辛苦的，更是快乐的。我和张导有工作，只能利用业余时间。大家各司其责，又相互帮助。

一边忙着装修，一边忙着做市场调研。本市的一些有点风格的小店，不放过品尝；找个周末，我们一行人还浩浩荡荡地跑到国际大都市上海，去激发灵感。

给小店取个什么名儿呢？那几日，我和张导，可没少操心啊。想到开店的初衷，想到我们已年近不惑，想到人生就这么短，我们应该慢慢地做事，慢慢地去做喜欢的事。

就这样有一搭没一搭地，我们在QQ上聊着。

“慢漫怎样？”“挺好呀！”“法文呢？”“Tout dous，温柔点、慢点。”“慢漫Tout dous，就它了。”

那个晚上，我们欢呼雀跃了许久。第二天一早，就去工商注册，居然成功了。

呵呵，也许我们确实需要放慢脚步，享受生活中的美好吧。

这个叫慢漫的小店，愈来愈清晰地呈现在眼前了。

（七）

老菲是打骨子里爱好美食的。

那几天，店里装修还未结束，我们的试吃场地，就落在他家里了。

其实，我是吃不惯西餐的。那奶油、芝士什么的，怎能安抚我这个从小就被重油重盐浸泡过的胃呢？我只是喜欢西餐厅的氛围，喜欢那种慢漫的感觉而已。

那食物本身的色彩搭配、摆盘与配饰，无不散发出浓浓的艺术味道。也许正如老菲所言，法式大餐一道工序下来，仿佛一首曲子，一气呵成，余音绕梁……

可能就是这样一次又一次的试吃吧，让我对法餐从未知到了解，直至从内心深处喜欢上它。

这个喜欢，更多的是缘于，我看到一个慕斯、一个可丽饼、一个蛋糕、一个巧克力，甚至一份牛排、一份沙拉，它们的成长过程，其实融合了厨师浓浓的爱，对食材的、对生活的、对美的，甚至是对他们家乡的爱。

“这个，怎么样？”每一个新品出来，老菲都会征求我们的意见。甜了还是淡了？中国人能吃得惯吗？这些问题往往会困扰我们可爱的大厨。

也许他是对的，我们应该还原法餐的本来味道，让更多的食客品尝到最地道的法国味道。

（八）

忙碌起来，时光仿佛就走得快些了。

一眨眼的工夫，已进入深夏。太阳火辣辣地炙烤着大地，在室外多待一会工夫，就会大汗淋漓。

慢漫的筹备也接近尾声了。

当初来到这个地方，甚至被它的脏与乱所吓倒。心想，这么美好的小店怎么能够坐落在这里呢？它该属于那些整洁优雅艺术的环境，属于那些追求品质生活的小众人群聚集地。可是，这里房租便宜，离老菲家又近。终究，梦想还是敌不过现实。

“没关系，没关系。”“脏，不是问题。”“我们会让它很好看的。”……老菲倒是很坚持，认为没有什么能够阻挡我们，从在这里，慢慢开始。

如今，周围的环境依然没有什么改变，小商小贩，有点吵，有点乱，甚至有点说不上来的感觉。然而这一切，倒是衬托出慢漫是如此的脱俗，与众不同。

深蓝色的门头及框架，大红色的木门，墙壁上、窗户上盛开的，那些红的、黄的、紫的娇艳的花朵；原木的餐桌椅，透明的厨房，手写的牛皮纸菜单，墙上老菲亲手画的法国风情画……

当浪漫的法语歌曲响起，来自布列塔尼的乡村美食散发出迷人的味道，谁能抵挡住这样的诱惑？来自美食抑或来自内心的诱惑。

不知道该用怎样的词语来形容它，只是觉得它比最初想象中的模样还要美好。

（九）

那一天，天空是蓝色的，甚至蓝得有些透明。仿佛水洗过一样。那覆盖许久的雾霾，也仿佛刹那间躲进了一个看不见的角落里。

原来，这是一个充满爱与力量的日子。

9月20日。920，就爱你。

慢漫选择在这一天诞生。

或许是想告诉大家，她是一个充满爱与力量的小姑娘。尽管现在，还很稚嫩，不成熟，不完美，但却小心地、勇敢地走出来，亮亮相了。

那一天，鞭炮很响亮，朋友很多，慢漫很美。老菲准备了很多美食，两个小姑娘很忙碌，我和张导很激动。仿佛一颗驿动的心找到了归属，仿佛听到了花开的声音。

于是，我信了，这个叫慢漫的小店会一点一点地长大。我还相信，她会一天一天地给我们带来成长的惊喜。

而我，也会用心体会并记录慢漫成长的点滴。

因为，我们，如此爱你。

2015年5月

因为有爱 扬帆远航

写下这个标题时，仿佛有一股暖流从心头涌起。尽管此时，春寒料峭。

每一次递出名片时，那些可爱的朋友会问："爱扬？有什么含义吗？老公叫扬？还是女儿叫扬？"

去年公司年会上，邀请东方道王总和大家分享企业文化这一话题，他说："汪总将公司取名为爱扬，我想可能是这八个字，'因为有爱，扬帆远航'。"

说得真好。

后来，我仔细琢磨这八个字与我创办公司的初衷。越发感觉，真像那么回事，符合内心。

我从小有个习惯，每年的最后一天，总结过去展望未来。呵呵，今日翻阅，2015年的关键词：任性、梦想、爱。

果真如此。

2015，是一个充满爱与梦想的年份。这一年，屠呦呦获诺贝尔奖，她说感谢青蒿素；偶像王菲再次牵手谢霆锋，因为爱情。

2015，又是一个充满任性与梦想的年份。这一年，大众创业、万众创新，任性的股市，让一时的绚烂迷离了多少双眼？这一年，任性如我，离职、创业，旅游、写字，究竟为何？

记得，朋友得知我要离开工作二十余年的电网企业，他说：太任性。可能也只有这三个字，方能形容这种放弃与不舍吧。

后来，我开始了与闺蜜自驾旅行，开始了写字、摄影，开始了创办爱扬企业。做了一直想做的事。日子变得忙碌而充盈，优雅而美丽。

林清玄说：生命如果没有坚持，就没有美丽的颜色和优雅的样子。

原来，我是在坚持自己的梦想。

读书时，也算是个学霸吧，喜欢学习，喜欢考试，特别向往清华北大这样一流的大学。可是后来，因为种种原因，离梦想渐行渐远。

工作后，爱好文字的我，梦想当一名记者；因为笔耕不辍，结果如愿以偿。

不惑之年还有创业的梦想，应当心存感恩。感恩依然拥有一颗年轻和不安分的心。

如今的我，相比原来，忙了很多。组建团队、搭建构架、开拓市场、研究策略，和一群有着同样梦想的小伙伴们一起，带着当年的学霸精神，策划、设计、影像、咨询……

每一天，我们都在体味创作的艰辛与乐趣，感受文字的温度、艺术的魅力……

每一天，我都和我的老东家在一起，似乎从未分开过。

其实，那些因舍而空出来的，必有更好的东西来填补；那些舍去的并未消失，是为了生发更好而存在。

想起几天前，我家的饭桌上。老公和女儿给我的评价：奇葩，喜欢考试，喜欢挑战，喜欢累。最后，他们说："喜欢奇葩。关键是这句。"

其实，有些时候，喜欢了，爱了，累了也是快乐了。因为，若愿意放下，若懂得爱，一切都是美好的。

因为有爱，扬帆远航。还是这八个字，随了内心。

好了，就写这么多吧。

不过，此文结束时，我想告诉您，老公和女儿都不叫扬，这个名字是电脑随机选出的。

2016年3月

镜头里的世界

皖南组照

那年十一月份，去安徽皖南塔川寻秋。可惜时间早了些，红叶还未漫山遍野。在一山坳间，偶遇一棵，在太阳光里，那么美。于是，我就躺在地上，拍摄了近一个小时，用心感受皖南的韵味。

皖南组照

EOS 7D

偶遇芦苇

那是初夏，老公带我去合肥崔岗艺术村，路上，偶遇大片芦苇。赶紧停车，驻足欣赏。微风中的芦苇姿态优美，柔曼妩媚，向世界展示生命的万种风情。

等待

那年夏季，女儿小升初，成绩不错，考上了科大附中。老公一高兴，奖励我们全家外出，到太平湖度假。

站在宾馆阳台上，远眺，一艘飞船疾驰而过。其实，在湖的对岸，有一艘小木船，在安静地等待，等待您的到来。

等待

雪

长白山的冬天真的很冷。一年冬天，我和楚楚小姑娘体验了一回。在滑雪过瘾后，我们来到天池。零下几十度的冰天雪地里，无法言语。但在见到天池的瞬间，我们被惊艳到了。有人说，能够看到天池的，人品好。呵呵。

雪

夜之魅

应该是一个春天的晚上，我们一家从老家无为回来，路过巢湖的一个宾馆，居然见到这么美丽的灯展，让黑夜散发出迷人的魅力。

蝶恋花

这一组照片，是在肥西的小团山。我们几家大人带着孩子，来到台湾郭教授的农庄，体味自然。当郭老为我们介绍各种不知名的小花时，不时有蝴蝶、蜜蜂飞过来凑热闹，于是忍不住按下快门，记住美好的时刻。

眺望

这是在泰国的皇帝岛，我带着妈妈和女儿度假。然而，这次度假，却很难忘。

当我们乘坐飞船来到小岛途中，海浪巨大，导致飞船有了小故障，停泊在大海中央不能前行。

估计有半个小时左右的时间。那段漫长的时间里，我的脑海中反复出现泰坦尼克号。

呵呵，终究有惊无险，平安来到皇帝岛。

大海啊，你时而安静，时而狂野。

勇敢之旅

2015年暑假。四个妈妈、四个孩子、一个爸爸，前往法国自驾游，时间20天。

走的是小众路线，深度体味法国风情。

阿重、HELEN以及明导做了50页长度的深度攻略，吃住行一应俱全，甚至准确定位到景点附近的停车场、餐馆以及WC。桥妈负责的对象是孩子，每一天她的背包就像变魔术般地出现各类小吃，惊呆了我们大家。

作为一个打酱油的我，唯一发挥的作用就是为大家拍摄一些美丽的片子了。

此番旅行难忘太多，比如无需言语的法国美景，赏心悦目的酒店，让人垂涎三尺的各色美食……

还有一点一定要说明的就是，每天300多公里的自驾路程，体验自助加油、自助上下高速，面对甚至接近90度的弯坡，咬牙通过。

其间，偶遇各类事件，比如玻璃割伤手、汽车被黑人碰撞差点被敲诈，以及巴黎机场不明包裹事件导致飞机滞留……

想想如今我不太愿意开车的主要原因，可能就是因为这一次自驾。

因此，这是一次勇敢之旅。感谢我的闺蜜团，包括明导，还有那些可爱的孩子们。

建筑之魅

法国自古以来就以其建筑的繁盛和超凡魅力令整个西方世界为之倾倒。巴黎圣母院作为教堂建筑的杰出代表惊羡于世，埃菲尔铁塔作为现代建筑的先知至今仍然是巴黎作为“世界之都”的名片，凯旋门、卢浮宫、巴黎圣母大教堂，这些家喻户晓的法兰西建筑无不在西方建筑史上拥有举足轻重的地位。法国建筑的璀璨成就，特别是其在品质和内涵上的突破，在世界建筑史上留下了独特的篇章。

象鼻山

埃特尔塔是诺曼底省的沿英吉利海峡而建的小镇。因为有象鼻山它和中国的桂林结为姐妹城市。

圣米歇尔山

圣米歇尔山城堡被誉为“世界第8大奇迹”，它是天主教除了耶路撒冷和梵蒂冈之外的第三大圣地。

小岛呈圆锥形排开，由耸立的花岗石构成。

海拔88米，它所在的圣马洛海湾是一片滩涂，潮汐不断地将沉积物冲上岸，使得圣米歇尔山成了一座孤岛，只有涨潮时才浮出海面，颇具神秘色彩。

圣米歇尔山及其海湾于1979年被联合国教科文组织列为世界遗产。

莫奈花园

莫奈花园是法国著名画家莫奈的故居，分为水园和花园两部分。位于法国巴黎以西70公里的吉维尼小镇。

花园又名诺曼底园，位于房前，呈长方形，占地约一公顷，水园是一个人工湖，里面种满了睡莲，莫奈在这里完成了他的著名作品《睡莲》系列和《日本桥》系列。

桥

1.加尔桥，原是古罗马帝国时期修建的高空引水渡槽，又称渠桥。

2.著名的Avignon断桥。这座桥对于外国人来说可能有些陌生，但是法国人却都知道它，因为在法国流传着一支脍炙人口的民歌《在Avignon的桥上跳舞》。

据说当初一位牧羊人受到了神的指派，来到Avignon，要在罗纳河上修建一座石桥。

桥修好了，但是由于发洪水，桥的一半被冲毁了，所以现在只留下了一段。

安纳西湖

我的心灵是安纳西的流水荡涤至净，正好忏悔。

——卢梭《忏悔录》

安纳西湖（Lake Annecy)位于阿尔卑斯山脚下，被誉为全欧洲最纯净的湖泊。

湖水主要来源于阿尔卑斯山的冰雪融化，如翡翠般碧蓝耀眼，绵延15公里，像一面明镜镶嵌在翠绿的群山之中。而安纳西湖与莱蒙湖正好南北相望，自然形成的两湖一谷为阿尔卑斯山著名的旅游风景区。

沿着充满诗情画意的瓦塞运河（Canal du Vasse)向前一直走，就到了让我一见钟情终生难忘的安纳西湖。

陌生的城市里　熟悉的味道

那天应该是雨后，青石板的小巷里，和闺蜜漫步其中，仿佛回到我们脑海中的徽州古道。

原来无论身在哪里，心中最美的还是这个家。

Huiles
d'Olive ...

Café Restaurant Pizzeri
Hôtel d'Arlatan

CAFE
COMMANDEZ ICI
ORDER HERE
2

图书在版编目（CIP）数据

花开在眼前 / 汪爱萍著. -- 合肥：合肥工业大学出版社，2016.3

ISBN 978-7-5650-2680-5

Ⅰ. ①花… Ⅱ. ①汪… Ⅲ.①中篇小说-中国-当代 ②散文集-中国-当代 Ⅳ. ①I217.2

中国版本图书馆CIP数据核字（2016）第035351号

花开在眼前

汪爱萍 著

责任编辑 张择瑞

出版发行 合肥工业大学出版社

地 址 （230009）合肥市屯溪路193号

网 址 www.hfutpress.com.cn

电 话 综合编辑部：0551-62903204

市场营销部：0551-62903198

开 本 135毫米×205毫米 / 32

印 张 7.375

字 数 115千字

版 次 2016年3月第1版

印 次 2018年1月第1次印刷

印 刷 安徽昶颉包装印务有限责任公司

书 号 ISBN 978-7-5650-2680-5

定 价 38.00元

安徽爱扬企业管理咨询有限公司荣誉出品